봄날은
지나고
너에게

KB192364

봄날을 지나는 너에게

초판 1쇄 인쇄 2014년 4월 20일 | 초판 1쇄 발행 2014년 5월 2일

지은이 김원 | 펴낸이 김민기 | 에디팅 김보희 임소라 | 펴낸곳 큐리어스 | 큐리어스는 ㈜QCG의 단행본 출판 브랜드입니다. | 출판등록 제 2012-000283호 | 주소 서울특별시 마포구 서교동 378-12 우전빌딩 5층 | Copyright © 2014 김원 | 저작권법에 따라 이 책의 내용 중 어떤 것도 무단 복제하거나 무단 배포할 수 없습니다. | ISBN 9791195023240 03810 | 이 도서의 국립중앙도서관 출판시도서목록 (CIP)은 서지정보유통지원시스템 홈페이지(http://seoji.nl.go.kr)와 국가자료공동목록시스템(http://www.nl.go.kr/kolisnet)에서 이용하실 수 있습니다. (CIP제어번호 : CIP2014007462)

도서 문의 큐리어스 **T** 02-3144-4947 **F** 02-3144-4948 **E** yourbook@qrious.co.kr **H** www.qrious.co.kr
전국 도서공급처 ㈜랭스토어 **T** 02-2088-2013 **F** 031-943-2113 **E** account@langstore.co.kr

인생에 대한 짧은 문답

봄날을 지나는 너에게

글 사진 글씨 /
월간 PAPER 김원

Qrious

봄이오면 꽃들은
앞을 다투어 태어난다~
겨우내 움츠리고 있던
새 움들에서 몸들을 내일고
이집들이 세상을 알라니
제 몸들을 드러낸다~
그 모습은 너무 찬형하여
느려지기까지 한다~

봄꽃은에핀 스펙은없다.
그저 엎어 피어나온 놈이 화려한거다.
그것은이사, 온몸얼기로 애쓴마게 한다.
그래서 꽃들은이사, 딸기기쉬운수처럼

즐라고 앞을향해 달린다.
피어라고 피어라고온 피어라
꽃들.
산국라온엎어, 벌나잘이라온 일찍
세상을하는데 봄을엎다.

봄꽃들은 왜 그토록 찬란하게
피어나는가?
무엇을 위해서 꽃은 피는가?
꽃들은 저 자신을 위해서 피지 않는다.
꽃들은 제 종족을 위해서 핀다.
저 자신을 위해서가 아니라
오늘을 위해서가 아니라—
영원을 위해서 핀다.
그것이 꽃들이 영원한 이유다.
우리들의 봄날이,
우리들의 청춘이 그러하듯…

이야기를 시작하며…

어떻게 사는게 잘 사는 거예요?

질문과 대답. 이 책에 실린 글들은, 오래전에 어떤 문인이 독자들이 그에게 보내온 질문에 대한 답들을 모아 책을 냈다는 이야기를 전해 듣고 그 흉내를 내서 시작한 작업의 결과물이다.

어느 날부터인가 나는 PAPER 홈페이지에 〈무엇이든지 물어보세요〉라는 제목의 게시물을 게시판 맨 위쪽에 올려두었다. 그랬더니 열정적인 독자들이 내게 온갖 질문을 쏟아붓기 시작했다. 거의 1년에 걸쳐 질문의 행렬이 이어졌고, 내가 한 대답 또한 그만큼씩 매일 쌓여갔다. 이제와 문득 뒤돌아보니, 참으로 격렬하게 지내온 시간이었다는 생각이 든다. 하루도 쉬지 않고 올라오는 질문들, 거기에 꼬리를 물고 이어지는 대답들….
이 책의 출간을 앞두고 네이버 카페에 있는 PAPER 커뮤니티에서 다시 한 번 〈질문과 대답〉 프로젝트를 진행해보았다. 그랬더니 우리의 사랑스러운 청년들은 아직도 내게 많은 질문을 건넸다. 이 책이 세상에 나올 수 있게 된 것은 순전히 그들의 질문이 있었기 때문이다. 나의 영혼을 뒤흔들어 나로 하여금 평소보다 더 집중하여 그리고 진지하게 생각해볼 수 있도록 해준 그들에게 감사한다.

사람들은 누구나 서로 다른 질문을 하고 사람마다 서로 다른 대답을 한다. 자신이 처한 환경에 따라 다른 질문을 하고 자신이 살아가고 있는 모습에 따라 다른 대답을 한다. 언젠가 후배 하나가 술에 취해 이런 질문을 내게 던진 적이 있다.

"어떻게 사는 게 잘 사는 거예요?"

이 세상에서 가장 대답하기 어려운 질문 중 하나다. 할 말을 찾지 못해 한참을 머뭇거리다가 겨우 이런 대답을 하며 얼버무렸던 것으로 기억한다.
"행복하게 사는 게 잘 사는 거지….".
"그럼, 어떻게 사는 게 행복하게 사는 거예요?"
나는 더 이상 아무런 대답도 못한 채 그와 나란히 비틀거리며 걷다가 그냥 집으로 돌아왔다. 그날 이후 그 질문은 의식의 한 귀퉁이에 단단히 자리를 잡고 들어앉았다. 어떻게 사는 게 잘 사는 걸까?

좋은 질문에는 이미 답이 들어 있는 경우가 많다. 그런데 그 답은 누가 대답하느냐에 따라 서로 다를 수 있다.
어떤 사람들은 '잘 싸는 게 잘 사는 거'라고 대답한다. 화장실에서 30분이 넘도록 사투를 벌여본 사람이라면 누구나 공감할 수 있는 말이다. 하지만, 1분 안에 일을 마치는 사람들은 그 대답에 공감하지 못한다. 잘 싸는 게 뭐 대수라고….

가장 평범한 대답으로는 다음과 같은 것이 있을 수 있다.

'자신이 좋아하는 일을 하면서 사는 게 잘 사는 거다.'

그런데 이상한 건, 평범하고 진리에 가까운 답은 귀에 잘 들어오지 않는다는 점이다. 뻔한 소리라는 생각이 들어서이기도 하지만, 그 말이 무슨 뜻인지 모르겠어서 아예 이해를 못 하는 경우도 있다. 인간은 누구나 자신이 이해할 수 있는 만큼만 이해하기 때문이다. 이해할 수 없는 건 아무리 노력해도 이해가 되질 않는다. 아니, 이해하고 싶지 않은 것이다.

'그게 말이 돼? 어떻게 그럴 수가 있어?'

이해할 수 없는 건, 당분간 절대로 이해할 수 없다. 그래서 오해가 쌓이기 시작하고, 그 오해는 또 다른 오해를 낳는다. 오해는 번식능력이 아주 강하다.

아무튼, 또 이런 대답이 있을 수도 있다.

'싸게 사는 게 잘 사는 거지~!'

물건은 적당히 에누리해서 사야 그 묘미가 더해진다. 같은 물건을 남들보다 싼 가격에 사면 흐뭇해진다. 그러면 행복해지는 거다. 행복하게 사는 삶은 잘 사는 삶의 한 형태라고 할 수 있다.

이런 대답도 있을 수 있다.

'잘 죽는 게 잘 사는 거다.'

좀 살다 보면 저절로 알게 된다. 잘 죽는다는 게 인생에서 가장 큰 숙제라는 사실을. 잘 죽지 못하면 지난 100년을 잘 살아왔다 해도 아무 소용이 없다. 지나간 영화가 다 무슨 소용이란 말인가? 잘 죽지 못했는데….

그야말로 잘 살아낸 삶은 '잘 죽는 것으로' 완성되는 것이다. 그러니, '잘 죽는 것이 잘 사는 것'도 좋은 대답 중 하나일 수 있다. 게다가 이 대답은 거꾸로 풀이해도 말이 된다. '잘 살아야 잘 죽을 수 있다.' 건강하게 살아야 건강하게 죽을 수 있고, 행복하게 살아야 행복하게 죽을 수 있다. 그래서 사람들은 목숨을 걸고 행복하게 살아보려고 발버둥치는 것이다. 가능한 한 행복하게 죽기 위해서.

인간이 느낄 수 있는 행복에는 한계가 있다. 마찬가지로 인간이 느낄 수 있는 고통에도 그 한계가 있다. 그런 식으로 생각하다 보면 뭐 그렇게 아등바등거리며 살 필요도 없는 것이다. 이렇게 살아도 저렇게 살아도 '결국 죽는다'는 건 마찬가지니까.
그런데 그 죽음이라는 게 있어서, 우리의 삶에 끝이 있어서… '살아 있다는 것'이 더욱 빛나는 의미를 갖게 된다. 이왕 태어나서 이렇게 살아 있는 거, 어떻게 살면 나 자신이 좀더 만족하는 삶을 살아낼 수 있을까? 이 지점에서 나의 질문은 시작되고 나의 대답도 시작되는 것이다.

어쩌면 이 책에 담긴 이야기들은 세상 밖으로 나와 빛을 보지 못한 채 조용히 잠들었다가 흙 속에 묻혀 사라져버릴 수도 있었는데… 반짝이는 호기심과 뜨거운 열정을 지닌 큐리어스의 에디터 김보희가 발굴해내어 이렇듯 박물관에 진열할 수 있게 해주었으니, 나는 가슴이 뻐근할 정도로 고맙고 행복하다. 그녀가 발굴해낸 이야기들을 다듬고 어루만져 많은 사람들과 만날 수 있도록 그 길을 열어준 나의 오랜 벗이자 큐리어스의 대표 에디터인 김민기에게도 몇 잔의 술로는 다할 수 없는 깊은 고마움을 전한다. 그리고 총기 어린 눈썰미로 진열품들의 제자리를 잡아주고 각각의 이야기에 볕이 잘 들도록 정성스러운 노력을 쏟아준 막내 에디터 임소라에게도 샘솟는 고마움을 전한다. 이 책에 담긴 이야기들을 통해 우리 삶이 최소한 이 책의 두께만큼이라도 더 행복해지기를 바라며, 이 책을 세상에 내놓는다.

2014년 봄.
그대에게 꽃잎 띄운 막걸리 한잔을 권하며,
PAPER의 백발두령 김원 드림.

차 례

1 햇살에 반짝이는 강물처럼, 청춘

돈 버느라 젊음을 보내버리면 나중에 후회할까요? / 아직도 제가
가고 싶은 길을 못 찾았습니다. / 연애가 다 시시하게 느껴져요. /
'철이 든다'는 게 도대체 뭐죠? / 개구리는 왜 올챙이 적 생각을
못 할까요? / 저도 사랑할 수 있을까요. / 꿈의 영광과 현실의 영광,
어느 쪽을 택해야 하나요? / 기억하고 싶은 건 왜 자꾸 잊는지 모
르겠어요. / 어떻게 하면 열등감을 없앨 수 있나요? / 세상이 원하
는 스펙을 쌓으면, 취직이 될까요? / 부모님을 속이고 여행을 가려
고 해요. / 몇 살부터 '어른'이라고 할 수 있나요?

2 세상에서 가장 두려운 일

저는 왜 사랑을 못 하는 걸까요? / 누군가를 진심으로 용서할 수
있을까요? / 상처받는 게 두려워 마음을 닫고 지냅니다. / 나이가
드니까 고민도 눈물도 많아져요. / 뚱뚱한 여자를 좋아하는 남자
도 있을까요? / 어느 정도 배려하는 게 적당한지 모르겠어요. / 왜
머리하고 마음은 항상 따로 노는 거죠? / 사랑하지만, 모든 걸 보
여주고 싶진 않아요. / 세상과 점점 멀어지는 느낌입니다. 어떻게
해야 할까요?

3 사랑은 늘 달아나고 싶어한다

사랑하는 사람과 평생을 함께하고 싶어요. 서로 변치 않을 방법이
있을까요? / 정말 남자는 잡은 물고기에겐 떡밥을 안 주나요? / 사
람들에게 제가 더 마음을 주는 것 같을 때 서운해져요. / 사람에게
너무 금방 꽂히고 금방 식어버려서 고민이에요. / 왜 혼자 다니는
사람은 이상하게 보는 거죠? / 거짓말로 사랑하는 사람에게 상처
를 줬어요. / 스물일곱 살이 싱글인 게 모자란 사람 취급받을 일입
니까! / 헤어지자는 그 사람을 어떻게든 붙잡고 싶습니다. / 멀리
떨어져 있으면 관계를 유지할 수 없는 걸까요?

4 내 가슴을 열어보는 연습

나를 좋아해주는 사람이 나타나면 두려워져요. / 결국, 무슨 일이
든 내 탓이라고 여기게 됩니다. / 아직도 꿈을 찾지 못했어요. / 열
정은 어떻게 해야 생기나요? / 저는 왜 사람에게 상처만 받을까
요? / 평범하게 사는 법 좀 알려주세요. / 좋아서 시작한 일인데
'초심'을 잃었어요. / 모든 사람이 부럽기만 해요. / 어떻게 해야
센스 있는 사람이 될 수 있나요? / 나 자신에게 실망감이나 죄책감
이 들 땐 어떻게 해야 할까요?

5 마약을 복용하는 것은 불법입니다

사랑이 먼저인가요, 외로움이 먼저인가요? / 원수를 사랑하는 게
정말 가능한가요? / 3000일이나 만났는데, 결혼하자는 말이 없어
요. / 소개팅은 왜 하는 족족 실패일까요? / 왜 헤어진 사람의 블로
그를 매일같이 확인하는 걸까요? / 남자친구와의 여행, 무사히 다
녀오려면 어떻게 해야 하나요? / 그가 싫었다가 좋아지기를 반복해
요. 계속 좋거나 싫으면 마음 편할 텐데. / 왜 여자들이나 기준 이하
의 남자들만 저를 좋아하는 걸까요? / 오래된 연인이 떠났습니다.

6 결국엔 또, 사랑이 답

사랑하고 싶은데, 만남의 기회가 생기면 피하게 됩니다. / 존재감
있는 사람이 되고 싶어요. / 이 녀석이 지구에 온 목적이 무엇일까
요? / 모든 일에 열정을 가지려면 어떻게 해야 하나요? / 나를 싫
어하는 사람은 어떻게 대처하세요? 무시? 똑같이? 아니면 바보같
이 웃으며? / 제 룸메이트 때문에 못 살겠습니다. / 모든 것에 너무
쉽게 타오르고, 쉽게 식어버려서 고민이에요. / 사랑을 하고 있는
데도 왜 외로울까요?

7 언제나 바보같이, 늘 부족하게

세상을 약게, 똑똑하게 사는 법 좀 알려주세요. / 간절히 바라면 정
말 무엇이든 이뤄질까요? / 나이 먹었다고 배우에게 설레면 안 되
는 건가요? / 밑상에 진상인 직장상사를 어쩌면 좋을까요? / 어떻
게 하면 남과 비교하지 않고 저를 사랑할 수 있나요? / 왜 술값은
아깝지 않은 겁니까! / 호감이 가는 말투로 말하는 게 어떤 거죠?
/ 화를 잘 내는 방법은 없나요? / 실패 확률이 99퍼센트일 때, 나머
지 1퍼센트를 가능성이라고 할 수 있나요?

8 품에 안을 수 있는 시간

엄마가 큰 수술을 하셔서 제가 24시간 곁에 있어야 해요. / 현재에
만족하면 발전이 없는 것 아닐까요? / 재미로 시작한 일이 의무가
되어버려 힘듭니다. / 매사에 긍정적으로 생각하는 비결이 궁금
해요. / 현실과 타협하기 싫어서 해외로 떠나고 싶어요. 이기적인
걸까요? / 이등병인 저에게 전역의 그날이 오긴 올까요? / 최고와
최선 중에 무엇을 목표로 해야 하나요? / 여행병에 걸렸어요. 치료
법을 알려주세요! / 생각이 너무 많아서 힘들어요, 생각을 멈출 방
법 없나요? / '전생'이란 게 정말 있을까요? 전생의 인연 같은 거
요. / 선생님은 매일매일 행복한가요?

1

햇살에 반짝이는 강물처럼, 청춘

청춘이란 이름와 그 화려한 시간은

인생에서 길어야 10년 정도.

미래의 10년은 매우 길게 느껴지지만

지나간 10년은 짧기가 마치 열흘과도 같습니다.

열심히 일하며 살든 온몸을 불사르며 살든

누구에게나 뚝같이 그 청춘은 흘러갑니다.

돈 버느라 젊음을 보내버리면
나중에 후회할까요?

가정환경이 어려워 자수성가해야 하는 상황입니다. 젊음을 허비하여 돈을 번다 한들,
결국 나이가 들었을 때 후회하진 않을까 걱정됩니다.

자본주의사회에서 돈을 벌어야 한다는 것은 거의 숙명적인
일이라고 봐요. 문제는, 적게 벌어서 작은 것에 만족하며 살 것인가,
아니면 죽기 살기로 벌어서 악착같이 풍요롭게 살 것인가인데,
이 문제는 본인이 스스로 선택해야 하는 거라고 생각해요.

자본주의사회에서는 돈이 없으면, 우울해지기 쉽다고 봐야 할
거예요. 물론, 돈이 없어도 행복하게 사는 사람들이 더러 있지만요.
우울해지지 않기 위해서라도 어느 정도의 돈은 벌어야 하는 거죠.
사랑하는 여자가 생겼는데 빈털터리라서 그녀와 결혼할 수 없다면,
얼마나 고통스러울까요? 그러니, 기본적으로 돈은 어느 정도
벌어야 하는 것이 정답이라고 봐요.

문제는, 그 '어느 정도'를 벌기 위해 '청춘을 바쳐야 한다'는 건데,
극단적으로 말하면 〈청춘을 팔아서, 돈을 번다〉라는 건데…
그렇게 10년, 20년 세월이 흐른 후에 어느 정도의 돈을 모았는데
청춘은 온데간데없이 사그라지고 말았다면,
아아, 그것이 인생무상이 아니고 무엇이란 말인가…?
이런 생각이 든다는 거죠?

술과 낭만에 취하고, 신용카드 돌려막기를 하고,
수많은 이성과 연애를 하며 방탕한 날들을 살아도,
그렇게 살아도 어차피 청춘은 갑니다.
'청춘'이라는 이름의 그 화려한 시간은
우리 인생에서 10년 정도를 차지하는 '짧은 시간'입니다.
미래의 10년은 매우 길게 느껴지지만,
지나간 10년은 마치 열흘과도 같이 짧게만 느껴집니다.
열심히 일하면서 살든, 청춘을 불사르며 살든
누구에게나 똑같이 그 '청춘'은 흘러갑니다.

딱 10년. 청춘의 기간만 살다가 죽을 거라면 생을 불사르며,
광란의 도가니탕에서 마음껏 젊음을 구가하는 것이
후회 없는 삶을 사는 방법이 되리라고 생각합니다.
(그러나, 그런 방식으로 살더라도 어차피 생의 마지막 순간에는
후회하게 되겠죠. 그냥, 얌전하게 돈 벌면서 차분하게 살았더라면
어땠을까? 하는 후회. 하하.)

아무튼 문제는, 그 '빛나는' 청춘의 시기가 지나고 나면
자립해야 하는 시절이 온다는 거죠. 그러려면 돈이 필요합니다.
돈 없이는 자신이 뜻한 바를 펼쳐나가기가 어렵지요.
그래서 돈을 번다는 것이, 우리의 삶에 중요한 의미를 갖게 됩니다.

물론 '돈에 환장하게 되는 건' 어떻게 해서든 피해야겠지요.
그건 돈의 노예가 되는 거니까요.

돈에 환장해서 돈돈돈 돈 돈돈… 그리고 또 돈… 그렇게 살다가
맞이하는 죽음은 평화롭고 행복할까요?

돈을 벌기 위해 땀 흘리며 살든, 아니면 술 마시며 춤추며 살든
어차피 청춘은 흘러갑니다. 똑같이 흘러갑니다.
너무나 당연한 이야기이지만
청춘의 시기가 끝난 후에는, 중년의 시기가 옵니다.
청춘의 시기에 땀 흘리고 노력한 사람에겐 여유롭고 느긋한
시기가 옵니다. 그러나, 길길이 날뛰며 청춘의 달콤한 꿈을 마음껏
빨아먹으며 산 사람에게는 다소 우울하고 쓸쓸한 시기가 옵니다.
그래서 인생이 공평한 거겠지요.
어느 쪽의 방식을 택하느냐는, 각자의 선택입니다.
먼저 즐기고 나중에 쓸쓸해질 것인가, 먼저 땀 흘리며 고생하고
나중에 느긋해질 것인가?
부디 현명한 선택을 하시기 바랍니다.

〈사족〉
언젠가 결국 세상을 떠나게 됐을 때
'아, 정말 후회 없이 열심히 살았다'라고 말할 수 있다면,
아주 멋진 삶을 산 인생이 될 거라고 봐요. 하하.

아직도 제가 가고 싶은 길을 못 찾았습니다.

아직도 제가 가고 싶은 길이 무엇인지 모르겠어요.
어떻게 해야 제가 가고 싶은 길을 찾을 수 있을까요?

'내가 가고 싶은 길'을 찾아낸다는 건,
〈내 인생의 답〉을 찾아내는 것과 비슷한 의미를 지닌다고 봐요.
'내가 가고 싶은 길'을 찾으려면 어떻게 해야 할까요?
좀 무모해 보이기는 하지만
이 길 저 길 닥치는 대로 걸어가보는 수밖에 없다고 생각해요.
조용히 책상 앞에 앉아 생각에 생각을 거듭한다고 해서
그 답을 찾아낼 수 있는 건 아니거든요.

그것이 어떤 길이든, 지금 내 눈앞에 나타난 그 길을 걸어가세요.
그러다 보면 두 갈래든, 세 갈래든 새로운 길이 나타날 거예요.
그러면 그때, 지금까지 걸어온 길을 통해 얻은 경험을 바탕으로
그 갈림길 중 하나의 길을 선택하는 거지요.
그런 과정을 수없이 반복해가며 꾸준히 걸어온 길이,
결과적으로 〈내가 선택한 길〉,
〈내 인생의 길〉이 되는 거라고 봐요.

지금으로선
10년 후에 내가 걸어갈 길을 짐작하기가 어렵지요.

설사 짐작한다고 할지라도,
10년 후에 실제로 내가 그 길을 걷고 있을지는 알 수 없어요.

지금 내 눈앞에 놓여 있는 이 길을 걸어갈 것인가,
그만둘 것인가?
우리가 할 수 있는 선택이란, 둘 중 하나일 뿐이죠.

계속 이 길을 걸어갈 것인가?
아니면, 왔던 길을 되돌아가서 다른 길로 갈 것인가?
그 선택이 바로 〈나의 길〉이 되는 것이죠.

우리는 하늘로 날아올라 우리 앞에 놓인 길을 볼 수가 없답니다.
〈나의 길〉은 내 앞에 놓인 길을 꾸준히 걸어감으로써
찾게 되는 거라고 저는 믿고 있어요.

연애가 다 시시하게 느껴져요.

다가오는 사람은 이성이 아니라 친구로 보일 뿐이고, 끌리는 사람도 없어요.
20대 초반인데, 이미 연애에 대한 기대나 환상은 깨졌고 그냥 덤덤합니다.

참, 이상한 일이로군요.
아직 새록새록 창창한 나이인데 〈이미 연애에 대한 기대나 환상은
깨졌고 그냥 덤덤하다〉라고 하니, 그 말을 그냥 그대로 받아들여야
할지, 어째야 할지, 어리둥절한 기분이로군요.
스무 살이라면, 한창 연애에 대한 관심과 호기심, 기대와 환상으로
가슴과 머릿속이 부풀 대로 부풀어 올라 있어야 할 시기이건만,
어찌하여 환상은 깨져버리고 가슴은 덤덤해졌다는 건지, 으음….

혹시 지난번 연애가, 완전 지긋지긋 넌더리 나는 경험이었나요?
몇 번의 경험만으로 시시한 것이라고, 그저 그렇고 그런 거라고
평가해버리기엔 너무나도 아까운 우리 인생의 축제가 연애입니다.
한없이 복잡 미묘하고 형형색색이며 완전히 파악하기 불가능한,
인간의 감성과 욕구가 빚어낸 일종의 종합예술이라고 생각합니다.

연애가 시시하게 느껴지고, 가슴도 더 이상 달아오르지 않는다면
그것은 '정상'인가 '비정상'인가의 문제가 아니라
즐거운 인생을 살아가는가, 그렇지 않은가로 귀결되는 문제라고
봐야 할 것 같아요.

사람마다 차이는 있겠으나 '연애에 대한 호기심과 열정'은
죽는 날까지 가슴에 안고 살아가는 것이
인생을 활기차게 살아가는 방법이 될 거라고 저는 생각합니다.

부디 지금 품고 있는 '연애'에 대한 생각과 느낌들이
그저 일시적인 현상이기를 간절히 기원합니다.
빠른 시일 내에 도저히 정신을 차릴 수 없을 정도로 멋진 청년이
당신 앞에 나타나서 황홀한 연애의 마술을 맛보게 해주기를 또한
격렬히 기원합니다.

그러나 혹시, 목에 칼이 들어오는 한이 있어도
'연애'라는 것의 두근거림과 환희와 그 뜨끈뜨끈한 격정을
절대로 인정할 수 없다면 차라리
'색즉시공 공즉시색'의 깊은 깨달음을 터득하기 위해
노력하는 것이 좋으리라는 생각이 드는군요.

부디 현재의 그 저조한 상태에서 빨리 벗어나기를 바라며
건투를 빕니다. 파이팅!

'철이 든다'는 게 도대체 뭐죠?

어른신들이 흔히 말하는 '철이 든다'라는 게 도대체 뭘까요?
현실에 맞춰서 타협할 줄 아는 걸 말하는 것일까요?

어른들이 말씀하시는 '철이 들었다'라는 말은
속 빈 강정 같던 아이의 몸속에 철분이 꽉 들어차서, 로봇처럼
튼튼한 아이가 되었다…라는 이야기는 아닐 터이고….

〈철이 들다〉는 '철부지'라는 단어와 관계가 있는 말이라고 봐요.
'철부지'는 '철모르는 어린아이'라는 뜻을 지닌 단어잖아요.
〈철모른다〉는 '지금이 어느 때인지를 모른다'는 의미이지요.
그러니까 봄인지, 여름인지, 가을인지, 겨울인지
'때를 모르고 날뛴다'는 의미가 내포된 말이라고도 할 수 있습니다.

〈철모르고 까분다〉는 '아직 철이 덜 들었다'와 같은 의미라고
봐야겠죠. 그러니까 〈철이 덜 들었다〉라는 말은
'세상 물정 모르고 날뛴다'와 같다고 보면 될 것 같아요.

삶의 이치, 세상살이의 원칙, 조직생활에서의 처신,
대인관계에서의 자세… 그런 것들을 알아야 하고,
그런 것들에 적응하며 살아야 한다는 것을 깨닫게 되었을 때
비로소 '철이 들었다'라는 말을 듣게 되는 거라고 봐요.

'철이 들었다'는
'세상이 어떻게 돌아가는지를 이제 좀 안 모양이군!'과
같은 뜻이라고 보면 될 것 같아요.

세상살이… 사회생활이란,
결국 인간과 인간의 관계 속에서 이루어지는 것이고
인간과 인간 사이의 관계에는 늘 타협이라는 게 필요하니까
'타협할 줄 아는 자세를 갖추는 것'도 철이 드는 과정의
한 부분으로 봐도 되리라 생각합니다.

그런데, '타협'이라는 단어를 다소 부정적인 의미로
인식하는 것 같은데요('불의와의 타협'이라는 말 때문에, 그리고
'자신의 소신을 포기하다'라는 의미 때문에).
세상과의 적절한 타협은 필수적이라고 봐요.
타협이란, 양보를 전제로 하는 단어니까요.

타협이 없는 세상을 생각해보세요.
세상만사 칼부림으로 시작해서 칼부림으로 끝나는 그런 세상.
목숨 건 결투로 시작해서 '너 죽고 나 죽자'로 끝나는 세상. 캬오!
(그런 세상은 정말 명쾌하고 쿨한 세상일 것 같아요…. 하하하;)

개구리는 왜
올챙이 적 생각을 못할까요?

개구리가 올챙이 적 생각을 못하는 것은…
당장 오늘 먹고살기가 바빠서, 뒤돌아볼 새가 없기 때문이
아닐까요? 하하하.

그건 아마도 자신이 속해 있는 환경과 상황이 달라져서
어쩔 수 없이 그렇게 되는 거라고 봐요.
환경이 바뀌었으니까, 바뀐 환경에 적응하며 살아야 하는 건
당연하잖아요.
대학생이 된 후에는 고등학생 시절을 생각할 필요가 없고,
직장인이 된 후에는 대학생 시절을 생각할 필요가 없는 것과
마찬가지겠죠.
완전히 삶의 패러다임이 바뀌어버린 거니까요.

환경과 상황이 바뀌면,
자신도 다 바뀌게 마련이니까…
〈개구리 올챙이 적 생각 못한다〉라는 말은
격언이기 이전에 진리라고 봐요. 굉장히 자연스러운 거라는 얘기죠.

옛날에는, 어려웠던 환경을 극복하고 성공한 사람이
출세하여 거들먹거리는 꼴을 보면 손가락질을 해대며
'개구리 올챙이 적 생각 못한다'라고 꾸짖었지만,
요즘은 세상이 바뀌었으므로…
계속 그 타령을 하고 있을 때가 아니라고 봐요.

올챙이 시절을 잘 견뎌내어 개구리가 되었다면,
이젠 연못가를 거닐던 어여쁜 공주와 입맞춤하여
왕자로 변신하기를 바라면서 열심히 폴짝폴짝 뛰어다녀야지요.
현실에 안주한다거나,
자꾸 올챙이 시절의 회상에 잠겨 세월을 보내면,
평생을 개구리로 살다가 하직하게 되지 않을까요?

개구리는 올챙이였던 시절을 뒤돌아볼 필요가 없어요.
괜히 엉뚱한 생각을 하다가, 뱀한테 잡아먹히기 딱 좋을 뿐이죠.

그때그때의 현실과 본능에 충실한 것이 최고라고 봐요. 으흐흐.

저도 사랑할 수 있을까요.

아직 연애를 해본 적은 없는데, 호기심이 많고 금세 질려하는 성격이에요.
외로움을 많이 타지만 혼자 있는 시간이 더 좋을 때도 있고요. 사랑하고 싶은 마음이
가득한데 또 뭔가 두렵기도 하네요. 저도 사랑할 수 있을까요?

호기심이 많은데—금세 질려버린다.
외로움을 타지만—혼자 있는 게 더 편하다고 느낄 때가 있다.
사랑을 하고 싶은 욕구가 강한데—사랑에 빠지는 게 두렵다.
그런 성격인데, 사랑할 수 있을까요?

우선 답부터 드리자면 〈사랑할 수 있습니다〉.
왜냐하면, 사랑은 공기와도 같아서… 누구에게나 무료로
제공되거든요. 그러니까 우리가 숨을 쉬듯이 자연스럽게
사랑을 하면 되는 거라는 얘기지요.

이 세상 어떤 사랑이든
마치 대학입시를 치르듯이 처음부터 마음을 먹고
목표를 설정하는 식으로 사랑에 빠지지는 않거든요.

사랑이란 마치…
밤길을 걷다가 웅덩이에 빠지는 것처럼
자신도 모르는 사이 '풍덩' 하고 빠져버리게 되는 거거든요.
아무런 대책도 없이 말이죠.

전 이 세상에 '결심을 하고' 빠져드는 사랑은 없다고 봐요.

그냥 저절로 자연스럽게 사랑에 빠져드는 거지요.

마치 봄이 지나면 여름이 오듯이….

강물이 바다에 이르듯이….

그렇게,

누구든 언젠가는 사랑에 빠지게 되는 거라고 봐요.

당신에게 연애가 찾아오지 않는다고 초조해하지 말아요.

어쩌면 연애는 당신 몰래 숨어서

언제쯤 당신이 자신의 영혼을 활짝 열어젖히고

온몸으로 뜨거운 사랑을 받아들일 수 있을지 유심히

관찰하고 있을 거예요.

그때를 기다리고 있는 거지요. 호시탐탐.

너무 일찍 세상과 타협하면
세상이 흘러가는 방향에
우리는 몸을 맡기지 않기를,
당신이 가장
좋아하는 것들을 하기를 …

꿈의 영광과 현실의 영광,
어느 쪽을 택해야 하나요?

꿈을 위해서 피를 철철 흘리며 가시밭길을 걸어가 끝내 그 꿈을 이뤄내는
만신창이의 영광, 아픔을 피해서 적당히 현실과 타협한 약간은 비굴한 영광.
둘 중 어느 것을 택하는 게 지혜로운 건가요?

질문 속에 이미 답이 있는 것 같은데요?
전자에는 그야말로 '영광'이라는 말을 붙일 수 있으리라 생각하지만
후자는 아프고 쓰라린 삶의 전형이 아닐까요?
그런 삶에는 '영광'이라는 단어를 붙일 수가 없을 것 같아요.

〈아픔을 피해서 적당히 현실과 타협한 약간은 비굴한 영광〉
이라고 하셨죠?

고통을 피하고, 현실과 타협하고,
이익이 되는 일에는 적극적이고, 손해를 보는 일은 외면하는,
달면 삼키고 쓰면 뱉는… 그런 삶 앞에 어떻게
'영광' 비슷한 단어라도 갖다 붙일 수가 있을까요?
그런 삶은 영광스러운 삶이 아니라…
'적당한 삶', '일반적인 삶'이라고 보는 게 맞지 않을까요?

'영광'이라는 단어는
남다르게 투쟁적으로 산 사람들의 삶 앞에만
붙일 수 있는 단어라고 생각해요.

두 가지의 길 중에 어떤 길을 택하느냐 하는 건
선택의 문제가 아니라, 그 사람의 영혼과 몸을 구성하고 있는
유전자에 관한 문제가 아닐까 하는 생각도 들거든요.
누군가가 영광스러운 길을 가기 위해 그 길을 선택하는 게 아니라,
그 길을 가기 위해 태어난 존재라는 얘기지요.

그러니 그 길은 어쩌면
이미 '정해져 있는 길'일 거라는 생각이 들어요.
그 길을 걸어갈 수밖에 없는 유전자를 가지고 태어난 존재들이
목숨을 걸고 그 길을 걸어가는 게 아닐까 하는 생각마저 들어요.

하지만, 우리의 꿈은
미래의 어느 특정시간에 이루어지는 것이 아니라, 매일매일
우리에게 주어진 시간 속에서 이루어지는 것인지도 모르겠어요.
그럼에도 불구하고…
몸 안에 미래의 영광을 갈망하는 유전자가 있다면 미래의 영광을,
현실의 영광을 바라는 욕구가 간절하다면 현실에서의 영광을!

왜냐하면, 영광은 멋진 거니까.
현실의 영광이든 미래의 영광이든 얻을 수만 있다면 좋은 거니까.

기억하고 싶은 건 왜 자꾸 잊는지 모르겠어요.

왜 자꾸 좋은 기억을 잊어버리는 걸까요? 잊고 싶은 건 오래 간직하고,
기억하고 싶은 건 어느새 잊혀지고. 어째서 기억엔 선택권이 없을까요?

기억하고 싶은 일들은 대체로 즐겁고 행복한 일들이고
빨리 잊어버리고 싶은 일들은 슬프고 고통스러운 일들이잖아요.
그런데 즐거운 일들에는 어떤 '휘발성'이 있는 것 같아요.
밝고 눈부시게 빛나며… 공기 속으로 날아가버리는 거지요.
반면에 슬픔이나 고통은 묵직하고 아래로 가라앉는 성질이 있어서
가슴속 깊은 곳에 단단히 자리를 잡는 것 같아요.
그래서 기억하고 싶은 일들은 빨리 잊혀지고
빨리 잊어버리고 싶은 일들은 오랫동안 기억하게 되는 건 아닐까
생각해보게 되는군요.

우리에게 '기억에 대한 선택권'이 주어지지 않은 이유는…
우리가 자연에 순응하고 적응하며 살아가야 하는 존재로
태어났기 때문일 거예요.

우리는 누구나 주어진 환경에 적응하며 살아가게 마련이잖아요.
물이 있어야 하고,
공기와 땅이 있어야 하고,
즐거운 일들은 빨리 잊혀지고,
고통스러운 일들은 오래 기억되는…
그런 삶의 환경 속에서 살아가야 하는 존재인 셈이죠.

환경이 주는 혜택이나 열악함을 얼마나 잘 활용하고 또 극복하느냐
하는 것은 각 개인에게 달렸다고 할지라도 말이죠.
그러니, 주어진 환경에 잘 적응하는 훈련을 해보시길 권합니다.

어떻게 하면 열등감을 없앨 수 있나요?

출발점부터 다르다는 생각이 들게 하는 친구가 있어요.
그 친구를 보면 열등감에 휩싸입니다.
바보 같은 감정인 줄 알지만, 잘 없어지지 않아요.

맞아요. 우리 주변에 그런 친구들이 있지요.
태어난 환경과 여건, 재능 등이 내가 가진 것보다 월등히 뛰어난
친구들. 저에게도 그런 친구들이 더러 있었답니다.

집안 환경이나 부모님의 재력 같은 것들은 원래부터
본인이 타고나는 것이니 그런 '환경적인 조건'은 도저히 극복하기
어렵다고 할 수 있습니다. 그러나 아주 중요한 것 중 하나는,
어떤 사람에게 주어진 '환경'이 반드시 그 사람을 행복하게
만들어주는 건 아니라는 점입니다.
만약에 그런 거라면 열악한 환경에서 태어난 사람들은, 아예
일찍부터 인생을 포기하는 게 나은 거라고 말할 수 있지 않을까요?

실제로 우리 주변에는 매우 열악한 환경을 극복하고
성공적으로 인생을 살아낸 사람들이 아주 많이 있다는 것,
아시지요?

잘 알고 계시겠지만, 인생은 마라톤입니다.
꾸준히 노력하는 사람에겐 '인생의 의미와 보람'을 깨닫게 해주는

것이 인생이 가진 매력이라고 생각합니다.
풍족한 조건의 달콤함에 젖어서 자신을 계발하지 못하고,
흥청망청 인생을 허비하며 살아가는 사람들은 또 얼마나 많은지요?
중요한 건 어떤 분야에서든 자신의 모든 열정을 쏟아부어서,
실력을 쌓아나가는 거라고 봐요.

타고난 재능도 중요하긴 하지만,
재능보다 더 중요한 것이 열정이라고 생각해요(물론, 몇몇 특정한
분야에서는 기본적으로 재능이 약간 필요하지만 말이죠).
어쨌든, 재능만 있고 열정이 없는 사람은 도태되기 마련이랍니다.

그러니, 친구에 비해서 출발점이 뒤처졌다는 생각이 든다면
열정에서만큼은 그 친구를 능가해주길 바랄게요.
열정이 있다면, 우리에게 주어진 환경을 극복할 수 있답니다.

뜨거운 열정은,
열등감을 녹여 없애주는 가장 강력한 처방이 될 거예요.

세상이 원하는 스펙을 쌓으면,
취직이 될까요?

대학교 3학년입니다. 하고 싶은 게 너무나도 많은데 현실이 절 방해하네요.
읽고 싶은 소설책을 던져놓고 경제신문을 읽고, 다음 주부터는 새벽 학원엘 다닌답니다.
인터넷 강의도 산더미예요. 이렇게 살면 취직이 될까요? 하고 싶은 걸 할 수 있을까요?

이 질문에 대해서는,
두 가지 상반된 답변을 드릴 수 있을 것 같아요.
첫번째는 '아주 잘하고 있는 거다, 그렇게 해야 취직을 하는 데에
유리할 거다'라는 것이고요. 두번째는 '뭔가 잘못 생각하고 있는 건
아닌지, 뒤돌아볼 필요가 있다'라는 것입니다.

첫번째 답변은,
공자도 맹자도 누누이 강조해왔던 문제이기 때문에 왜 그것이 옳은
답인지에 대해서는 굳이 부연 설명하지 않겠습니다.
아무튼, 첫번째 방법은 기는 놈 위에 뛰는 놈 있고, 나는 놈 위에
'순간이동'을 하는 놈이 있으니 〈무조건 열심히 실력을 쌓고 또
쌓으며 이를 갈면서 분투하다 보면 좋은 세월이 온다〉라는 논리가
되겠지요.
이 대답은 동서고금을 넘나들며 전수된 '역사 깊은 가르침'이므로
반론을 제기할 사람이 그다지 많지 않으리라고 봐요.

하지만, 뭔가 잘못 생각하고 있는 것은 아닌지 뒤돌아보라는
두번째 대답은 다음과 같은 생각에서 비롯된 것입니다.

1. 남들 다 달려드는 그 좁은 문으로 뛰어들면…
도대체 어느 세월에 그 문을 빠져나갈 수 있겠는가?
2. 어떻게 '죽어라고 싫은 것들'을 열심히 즐거운 마음으로
할 수 있겠는가?
3. 즐거운 마음으로 모든 열정과 시간을 쏟아서 하는 일과,
'억지로' 마지못해서 하는 일의 결과는 어떻게 다를까?
4. 그렇게 우격다짐으로 날밤을 새우고, 억지로 새벽 강의를 들어서
직장을 얻게 된다면… 그렇게 해서 얻은 직장생활은 행복할까?
5. 직장에서 새로운 사람을 뽑을 때는 죽어라고 취업공부를 해온
친구들에게만 관심을 가질까?
6. 자신에게 맞는 '내 인생의 직업'이라서 취업을 하려는 건가,
아니면 단지 월급을 받기 위해 취업하려는 건가?

위에서 말씀드린 여섯 가지 질문에 대해서 곰곰이 한번
생각해보기를 권하고 싶습니다.
여섯 가지 질문에 스스로 대답하다 보면, 어떤 길이 내가 가야 할
길인지 어렴풋이 떠오르게 되리라고 봐요. 그리고 그 길을 향해서
가기를 권하고 싶군요.
대학교 3학년이면 다소 긴장감이 느껴지는 시기일 테지만
너무 일찍 세상과 타협하고, 세상이 흘러가는 방향에 무조건 몸을
맡기지는 마시길 조심스레 권유해봅니다.

〈나의 길〉을 찾으세요.
당신이 가장 좋아하는 것들을 하세요. 뜨거운 열정으로…!

부모님을 속이고 여행을 가려고 해요.

몇 년 전에 부모님 몰래 한 달쯤 네팔 여행을 다녀온 적이 있는 백수입니다.
반년 이상 긴 여행을 생각하고 있는데, 부모님을 설득하기가 무척 힘드네요.
어떻게 해야 할까요? 또 몰래 떠나볼까요? 아직도 철없이 막연한 생각만 하는 걸까요?

저로서는, 또다시 부모님을 속이고라도 떠나길 권하고 싶군요.
세상의 모든 부모님은 아무리 속고 또 속아도 자식들을
저버릴 수 없는 운명을 어깨에 짊어지고 태어난 분들이기 때문에,
아무리 부모님을 속여도 죄송한 마음을 가지지 않아도 된답니다.
부모님이 자식 때문에 속을 썩이는 건
매우 자연스러운 일이자, 자연의 순리거든요.

그러니까 그런 아주 사소한 일로, (게다가 여행 같은 경우는
그 목적이 매우 순수하고 숭고한 것이기까지 하므로…)
부모님을 속인다고 해서 하등의 죄책감이나 죄송한 마음을 가질
필요가 없답니다.

기회가 왔을 때, 모든 것을 팽개치고 훌쩍 떠나기를 권합니다.
이 시간이 지나고 나면, 훌쩍 떠날 기회가 평생 다시는 안 올지도
모릅니다. 시간과 경비가 허락된다면, 과감하게 저지르기 바랍니다.
지금 저지르지 않고 눌러앉았다가는 앞으로 백 년 동안 계속
후회하며 살아가게 될지도 모르는 일이거든요.
떠나는 자에게 축복이 있을지니, 과감히 떨치고 떠나기 바랍니다.

추신.
다만, 이다음에 그대가 자식을 가진 부모가 되었을 때,
그 아이들이 당신을 속이고 그들 자신이 원하는 길을 택한다면…
기꺼이 속아주고 기꺼이 속 썩어주겠다는 결의를 다진 후에,
부모님 몰래 여행을 떠나는 그런 예의를 갖추길
    넌지시 당부드립니다.

푸르른 청운의 꿈이여…!
아아, 초원의 빛이여, 꽃의 영광이여…!

몇 살부터 '어른'이라고 할 수 있나요?

한 사람이 태어나서 옳고 그름을 판단할 기준이 서는 시기가 언제쯤일까요?
스무 살이 되어도 미성숙하고 불완전한 건 마찬가지인데,
언제쯤 되어야 "난 어른이야"라고 자각할 수 있게 될까요?

일반적으로 봤을 때…
스무 살쯤 되면, 무엇이 옳고 무엇이 그른지를
스스로 판단할 수 있는 나이가 되었다고 다들 인정해주는 분위기죠.

그러나 그건 개인차가 있다고 생각해요.
마흔 살이 되어도 사리 분별력이 어수선한 사람들이 있으니까
말이죠. 그런 사람들은 나이는 많이 먹었어도 '어른'이라고
할 수 없을 거예요. '어른'이 되려면… 세상을 안을 수 있을 정도로
품이 넉넉하고, 어질고 지혜롭고 현명해야 비로소
'어른'의 반열에 오르게 되는 거라고 봐요.

그리고 인간은 학습을 통해 평생 성장하는 존재라는 것이
저의 생각이랍니다.
스무 살이라든지, 서른 살이라든지
어떤 특정한 나이가 되었을 때 '어른'이 되는 것이 아니라
각자의 학습과 노력의 결과에 따라 '어른'이 되기도 하고,
'철부지'가 되기도 하는 거라고 보거든요.

요즘의 제 판단으로는
세상을 열심히 잘 살아서 주변에 좋은 친구들이 많이 있고,
화목한 가정을 이루고, 세상 돌아가는 이치를 깨달은 사람이
'어른'이라고 생각합니다.

그리고 일반적으로
'어른'에는 두 단계가 있다고 생각하는데…
첫번째 단계는 열심히 잘 살면 30대 중반쯤에
저절로 진입하게 되는 거로 보고,
'진짜 어른'이 되는 두번째 단계는
예순 살쯤이 되어서야 판명이 나는 거라고 본답니다.

예순 살쯤에 도달하여, '혜안'을 지닌 어른이 되었을 때…
그때야 비로소 진정한 의미의 '어른'이 되는 거라고 보는 거죠.
자신의 인생을 완성하고, 마무리 작업에 들어가는 나이….

(물론, 환갑을 바라보는 나이에도
여전히 철부지로 살아가는 분들이 많지만요.)

그런데···

당소에게
세번째로
선물한건 뭔가요?

2

세상에서 가장 두려운 일

세상에서 나보다 더 소중한 존재가 있다는 건

진실로 무섭고 두려운 일입니다.

만약에 그를 잃는다면

세상 모두를 잃은 것처럼 고통스러워질 테니까요.

저는 왜 사랑을 못 하는 걸까요?

제가 좋아하던 사람이 저를 좋아하게 되면 더 무섭고 싫어집니다. 왜 그럴까요?
저도 사랑을 하고 싶은데, 남들처럼 알콩달콩 지내고 싶은데,
제 의지대로 되어주지 않는 마음이 야속합니다.

원래부터가 이 세상에서 제일 무서운 대상은
내가 사랑하는 사람이요, 그리고 나를 사랑해주는 사람입니다.
이 세상에서 나보다 더 소중한 존재가 있다는 사실은
진실로 무섭고 두려운 일입니다.
만약에 그를 잃는다면,
마치 이 세상 모든 것을 잃은 것처럼 고통스러워질 테니까요.
그렇기 때문에 내가 누군가를 사랑하게 된다는 건 실로 무섭고
두려운 일입니다. 그리고 누군가가 나를 미치도록 사랑해준다는 것
또한 심장이 떨리도록 무서운 일입니다.

그러니, '사랑하는, 그리고 나를 사랑해주는' 사람에 대한
당신의 반응은 어쩌면 매우 자연스러운 것이라고 할 수 있습니다.
사람들은 '어쩌면 나중에 사랑이 끝나게 될지도 모른다'는 사실을
일부러 꼭꼭 숨겨두기까지 하면서 그렇게 '영원을 맹세하며'
사랑의 불길 속으로 뛰어드는 것인지도 모르겠습니다.

질문을 주신 분의 경우,
누군가를 사랑하는 훈련과 경험이 부족한 건 아닐까 짐작해봅니다.

한 번도 바닷속으로 걸어 들어가보지 못한 사람은
바닷물에 몸을 담그는 것 자체를 두려워하게 마련입니다.
경험이 없기 때문에 무섭고 두려운 거죠.

우리가 가장 두려워하는 건 '그 정체를 알 수 없는 대상'
이라고 합니다. 그래서 캄캄한 어둠 속에 갇히면
두려움에 빠지게 되는 것이지요.
그 어둠 속에 무엇이 있는지 알 수가 없으므로….

제 생각엔, 가벼운 것이어도 좋으니 사랑이나 연애를
자주 경험해보는 게 좋으리라고 봐요. 강아지를 키우거나
고양이를 키우는 것도 방법이 되리라고 생각해요. 상대방에게
마음을 열고, 마음을 주는 훈련을 자주 해보라는 얘기지요.
그리고 사랑을 쏟았다가 마음을 다치는 훈련도 자주 해보구요.

부디 누구든 자주 끌어안는 연습을 해보세요.
품에 안는 연습. 포옹….
그 대상은 가족도 좋고 친구여도 좋답니다.
강아지도 좋고, 고양이도 좋고, 커다란 나무도 좋을 거예요.
정 안되면, 베개나 곰돌이 인형이라도 좋으니
어떤 대상을 자주 품에 안는 연습을 하기 바랄게요. 그렇게 하면,
아마도 〈사랑〉에 대한 두려움이 점점 사라지게 될 거예요.
그럼, 머지않아 사랑에 빠지기를 바라며. 파이팅!

누군가를 진심으로 용서할 수 있을까요?

진짜 용서는 무엇이라고 생각하세요?
나에게 깊이 상처를 준 사람도 용서할 수 있을까요?

우리에게 '진정한 의미'의 용서란 있을 수 없을 거라고
저는 생각해요. 왜냐하면 용서란 모든 것을 있는 그대로 순수하게
받아들이는 것, 당장 상대를 목 졸라 죽이고 싶은 마음을 다스리고
그 잘못을 '있을 수도 있었던 일'로 받아들이며 이해해주는
것이기 때문에, 그런 차원의 용서는 인간이 베풀 수 있는 차원의
용서가 아닐 거라고 봐요.
만약에 그런 식으로 용서하는 모습을 보인다면,
그런 자세를 취하는 것일 뿐.
인간이 자신에게 극심한 고통과 피해를 준 누군가를 온전히
용서하는 건 불가능하지 않을까요?
최소한 직접 원수를 갚거나, 증오하거나, 잘못되기라도 빌어야죠.
죽어라! 죽어라! 불행해져라!(완전 독을 뿜어야죠!)

인간이 할 수 있는 최대의 용서는, 그 대상을 잊는 거라고 봐요.
그의 존재는 물론 그가 한 짓들을 모두 깨끗이 잊는 것.
흔적도 남기지 않고 깨끗이 잊는 것. 그야말로 용서.

하지만 가장 좋은 건, 용서해야 할 대상을 만들지 않는 거겠죠.

상처받는 게 두려워 마음을 닫고 지냅니다.

언제부턴가, 사람들에게 마음을 열지 않게 되어버린 나를 봅니다.
마음을 많이 열수록 나중에는 상처가 더 많이 남는 것 같아서요.

이 세상에서 가장 고통스러운 일 중의 하나는,
누군가에게 마음을 열었다가 다치는 일이라고 생각해요. 그 아픔은,
그 고통을 겪어보지 않은 사람들이 이해할 수 없는 고통이죠.

누군가를 향해 마음을 활짝 열었다가 호되게 상처를 입고 나면,
그다음부터는 너무나 두려운 나머지 그 누구에게도 마음을 열기가
힘들어지죠. 깊은 상처를 받았다가 아물며 생긴 굳은살 때문에
실제로 마음이 잘 안 열리기도 할 거예요.

그렇지만, 우리가 평생을 살아가면서 다시는 마음을 열지 않고,
가슴을 꼭꼭 여민 채 살아갈 수는 없는 일이죠. 그런 삶은 너무나
삭막하고도 각박하리라는 걸 우리는 잘 알고 있으니까요.

혹시 두 팔과 두 다리가 없는 오스트레일리아인 설교사
닉 부이치치에 대해 들어본 적이 있나요? 또, 앨리슨 래퍼라는
화가에 대해 들어본 적이 있는지요? 신체적인 고통과 상처를 딛고
훌륭하게 활동하고 있는 많은 이들을 봅니다. 저는 마음의 상처도
크게 다르지 않다고 믿는 편입니다.

물론, 마음의 상처는 정신적인 문제와 깊이 맞닿아 있어서
신체적인 고통과 상처보다 더 심각한 문제일 것 같기는 합니다.
하지만 우리 모두는 신체적인 고통을 딛고 일어설 수 있는
정신력을 지닌 존재라고 생각합니다.
또 우리는 상처받은 마음도 정신력을 통해 치유하고,
그 고통을 다스릴 수 있는 존재라고 믿고 있습니다.

모든 일에는 훈련이 필요한 거라고 믿어요.
날 때부터 사지가 없었던 사람이 수술을 통해 만든 두 발가락으로
컴퓨터를 배우고 대학을 졸업하고 설교사의 인생을 살기까지
얼마나 많은 노력과 훈련이 필요했을까요?
다친 마음을 치유하는 데에는 어쩌면 그 절반,
아니 그 절반의 절반, 아니 그 절반의 또 절반만큼의 노력만 있다면
그 고통에서 벗어날 수 있으리라고 봐요.

한번 깊게 상처를 받은 경험이 있기 때문에
좀처럼 다시 마음을 활짝 열기는 어려울 거예요.
하지만 아주 조금,
바람이 겨우 통할 정도로 아주 조금은 열 수 있지 않나요?
설마 절대로 열 수 없는 건가요?
아주 조금,
정말 아주 조금,
0.01밀리미터 정도는 열 수 있지 않아요?

그렇게 조금씩, 아주 조금씩, 마음을 여는 훈련을 하세요.
갑자기 활짝 열려고 하지는 말구요. 활짝 열었다가 또 다치게 되면
그때는 회복하는 데에 더 많은 시간이 필요할 테니 말이죠.
아주 조금씩만 마음의 문을 열어보시기 바랍니다.
그리고 상대방에게 당신이 왜 마음의 문을 활짝 열 수 없는지에
대해 잘 알려주고 설명해주세요.

사랑 없이 우리는 살아갈 수가 없답니다.
다칠 땐 다치더라도 우리가 결국 가슴을 열지 않을 수 없는 이유가,
거기에 있답니다.

나이가 드니까 고민도 눈물도 많아져요.

나이가 들면 왜 고민이 많아질까요? 아, 눈물도 많아지는 것 같아요.
그리고 혼자 있는 시간은 왜 스스로를 고독하게 할까요? 설마 저만 그런 걸까요?

나이가 들면서 고민이 많아지는 건, 생각이 많아지기 때문이에요.
이런 생각 저런 생각, 저런 생각 이런 생각…
생각이 넘쳐나니까 머릿속이 혼란해지면서, 고민이 생기는 거죠.

생각의 실마리가 술술 풀리면, 모든 문제가 명쾌하게 풀리니까
고민할 게 하나도 없는데, 머릿속의 생각들이 뒤엉켜 있으니,
생각의 실마리가 풀리지 않아 고민하게 되는 것이죠.
도대체 뭐가 잘하는 건지, 옳은 건지 판단할 수가 없으니까요.

머릿속의 자료들을 정리하는 훈련이 필요하다고 봐요.
고민은, 자료 분석을 제대로 못하고 그로 인해 판단을 못하겠을 때,
그때부터 시작되거든요.

짜장면을 먹을 것인가, 볶음밥을 먹을 것인가?
〈안동장〉에서 시켜 먹을 것인가,
〈북경반점〉에서 시켜 먹을 것인가?
하지만 짜장면 = 〈안동장〉 이런 식으로 자료 분석이 끝나 있다면
점심식사를 선택하는 데에 아무런 고민도 할 필요가 없어지겠죠.

A라는 남자와 B라는 남자가 있다고 가정해볼까요?

A = 잘생겼고, 부잣집이고, 성격이 시원시원한데, 약간 바람둥이임.

B = 그럭저럭 생겼고, 공부를 별로 안 했고, 직장도 변변치 않지만,
나에게 목숨 걸었음.

자, 어떤 남자를 택하는 것이 현명한 선택일까요?

이런 경우에, 훈련이 되지 않은 여성들은 고민하게 마련입니다.

바람을 좀 피우더라도, 잘생긴 부잣집 도련님이 좋지 않을까?

좀 못생겼으면 어때? 나만을 죽도록 사랑해주는 게 최고지!

아아, 고민이다. 누굴 택한다?

그렇게 두고두고 고민하며 두 사람과의 관계를 지속하다가는

결국 두 사람 모두 잃게 됩니다.

오랫동안 고민하며 선택하지 못해서 둘 다 놓치게 되는 거죠.

그러고는 놓치지 말았어야 했는데 놓쳤다며 또 고민하지요.

생각을 정리하는 시간은 줄여나가고, 빨리빨리 판단하는 훈련을

해야 합니다. 더러 잘못된 선택을 해도 괜찮아요.

너무 깊게 고민하다 보면 아무것도 선택할 수 없게 되거든요.

잘못 선택했다고 생각되면, 다음번에 제대로 된 선택을 하면 돼요.

선택하지 않으면, 무슨 일이 결정되지를 않고

일이 결정되지 않으면, 고민이 쌓여가기 시작하는 거예요.

게다가 고민이 한 가지만 있는 게 아니잖아요. 이 고민 저 고민,
학교문제, 직장문제, 집안문제, 연애문제, 친구문제, 돈문제…
그런 모든 문제에 대해 시원스레 척척 선택하지 않으면
고민들이 뒤엉켜서 그 고민들끼리 연쇄반응을 하기 시작하여
인생 전체가 거대한 고민 덩어리가 되어버리는 거죠.

그러니까, 이제부터라도 뭐든 빨리빨리 판단하고 시원스레
선택하는 훈련을 하세요.
짜장면 아님 볶음밥? 〈안동장〉 아님 〈북경반점〉? 뭘로 할래요?
3초 안에 선택하세요. 만약에 다른 음식을 먹고 싶다면,
물냉면, 〈강남면옥〉!이라고 3초 안에 답하세요.

그리고 눈물이 많아지는 문제는…
고민이 많아지면, 저절로 눈물이 많아진답니다.
눈물이 많아지면, 어쩐지 자꾸 외롭다는 생각이 들게 되지요.
셋은 서로 연동되어 작용합니다. 그러니까, 하루빨리 고민 타파
훈련을 하기 바랍니다. 주저하지 않고 선택하는 훈련을 하세요.

물론, 모든 문제를 신중히 판단해야 하겠으나
단지 시간만 끌며 선택을 늦추는 건, 고민을 키워나가는 비결이라고
얘기하고자 합니다.

짜장면인지, 볶음밥인지 선택하셨나요? 아님 물냉면?
아아, 혹시 탕수육?!

통통한 여자를 좋아하는 남자도 있을까요?

"넌 살만 빼면 되잖아"라는 소리를 많이 들어요. 그럼 살을 안 빼서 안 된다는 소리인가?
"넌 충분히 사랑스러워" 혹은 "넌 미소가 예쁘잖아"라고 말해주면 좋을 텐데.
진짜 통통한 여자를 좋아하는 남자들이 있을까요?

당연하죠! 통통한 여자들을 좋아하는 남자들도 있답니다.
통통하면 귀엽잖아요. 자신이 좋아하는 이성의 타입은 사람마다
다른 거라고 생각해요. 심지어 어떤 남자들은 전지현 같은 여자를
싫어하기도 하거든요.

어떤 사람이 지니고 있는 총체적인 매력은,
단지 외모를 통해서만 발현되는 것이 아니라고 봐요.
물론, '첫인상'을 결정짓는 데에는 외모가 굉장히 중요하겠죠.
그렇지만, 그 사람이 가진 매력은 함께 이야기를 나누고,
함께 시간을 보내봐야 알 수 있는 거라고 생각해요.

조영남 아저씨 아시죠? 가수, 조영남 아저씨.
조영남 아저씨 얼굴이 본인도 인정하는 바이지만, 결코 잘생긴
얼굴이 아니잖아요. 그 아저씨가 이런 말을 하더라구요.

"나같이 생긴 얼굴을 좋아하는 여자가 없을 것 같지?
객관적으로 그런 생각 들잖아? 그렇지만, 대한민국 여자들 중에서
10퍼센트는 나같이 생긴 남자한테도 호감을 느끼더라구.

절대 농담이 아니고, 정말이야. 10퍼센트는 나같이 생긴 남자를 좋아하더라니까? 신기하지? 하하하."

그러니, 좀 통통하다고 해서 걱정할 일이 결코 아니라고 봐요.
오히려 통통해서 더 예뻐 보일 수도 있는 것 아닐까요?
당신은 이미 '충분히 사랑스럽고' '미소가 예쁜 분'인 것 같은
느낌이 드니까 말이죠.

자신의 매력에 자신감을 가져주세요. 아자아자!

어느 정도 배려하는 게 적당한지 모르겠어요.

지나친 배려도 폭력이라고 하는데, 어느 정도가 지나친 배려인가요?
어디서 멈추는 게 좋을까요? 상대도 부담 안 되고, 저도 서운한 마음 들지 않게요.

'배려'의 사전적 의미는 '돕거나 보살펴주려고 마음을 쓰는 것'
이라고 되어 있네요. 다른 사람을 배려할 때 항상 염두에 둘 점은,
그가 〈나의 배려를 필요로 하고 원하는가?〉라고 봐요.
상대방은 원하지도 않는 것을 베푸는 쪽에서만 '배려'로 생각하고
'전폭적인 배려'를 쏟아부어댄다면…
그 배려를 받는 쪽에선, 굉장히 불편하고 성가시게 느낄 수도
있다는 걸 알고 있어야 해요.

가장 훌륭한 배려는, 상대방이
'배려'라고 감지하지 못할 정도의 '숨은 배려'라고 생각해요.
'내가 당신을 항상 배려하고 있거든? 고맙지? 그렇지?
또, 뭘 도와줄까? 말만 해!' 이런 식의 배려라면,
그것은 배려가 아니라 '자기과시'에 가깝다고 봐야 할 거예요.

적절한 배려, 훌륭한 배려를 원하신다면
겉으로 드러나지 않는 '숨은 배려'를 해보길 권하고 싶군요.
배려를 받고 있는 사람이나 그 주변 사람들이 볼 때에도
배려하고 있다는 사실을 감지할 수 없는, 그런 배려를요.

왜 머리하고 마음은 항상 따로 노는 거죠?

우리 몸의 기능 중에서 머리는 '차가운 쪽'을 담당하고,
마음은 '따뜻한 쪽'을 담당한다는 거, 잘 알고 계시죠?
두 기능은 원래 분리되어 있는 거라서
그 둘을 적절히 어우러지게 운영하는 건 매우 어려운 일이에요.

대중목욕탕도 '온탕'과 '냉탕'이 따로 분리되어 있잖아요.
'온탕'은 따뜻할 때 그 존재의미가 있는 거고,
'냉탕'은 차가울 때 그 존재의미가 있는 거잖아요.

온탕의 물과 냉탕의 물을 한데 뒤섞어놓으면 어떻게 될까요?

그러면 그냥, 미지근한 물이 되고 말겠죠.

그러니까 문제는 온탕과 냉탕을 적절하게 잘 활용해야 한다는
얘기예요. 이성적으로 판단해야 할 일은 머리를 잘 활용해야
하고, 감성적으로 받아들여야 할 일은 가슴을 잘 활용해야 한다는
뜻이지요.
이성적으로 판단해야 할 일인데 가슴으로 반응하고,
감성적으로 받아들여야 할 일인데 머리로 판단한다면,
모든 것이 뒤죽박죽 되어버리겠지요.
머리와 가슴은, 원래가 따로따로 노는 것이니까
그 둘을 그때그때 적절히 운영하는 게 중요하다고 봐요.

냉정함이 필요할 때는, '냉탕'으로!
따뜻함이 필요할 때는, '온탕'으로!

사랑하지만, 모든 걸 보여주고 싶진 않아요.

내 꿈은 뭐고, 연봉은 얼마고⋯ 남자친구에게 솔직히 이야기하고 싶기도 하지만
현실적인 저의 모습을 보여주는 건 왜지 무서워요. 자존심 상하는 얘기를 해야 할 때도
있구요. 그런데 남자친구는 그런 저를 이해하지 못하는 것 같아요. 뭐가 맞는 걸까요?

내 꿈이 무엇인지, 내 연봉이 얼마인지 말하는 게 왜 어려운 거죠?
꿈이 없으면 없다 답하고, 꿈이 있다면 그걸 설명하면 될 텐데⋯.
그리고 연봉이야 분명한 액수가 정해져 있을 테고⋯.
혹시 연봉이 유동적인가요?
현실적인 나의 모습을 보여주는 게 왜 어려운 거죠?
자신의 현실이 파악하기 어려운, 이상하고 복잡한 형태의
현실인가요?

아, 알았다! 본래의 내 모습보다 더 멋지고 아름답게 보이고
싶어하는 거군요? 그 남자친구에게!
에이~ 그런 거 오래 유지되지 않을걸요?
감추고 가리고 그런 거, 금세 다 드러나요~!
모처럼 마음에 드는 사람을 만났는데, 놓치고 싶지 않은 건가요?
혹시라도 달아나버릴까 두려운 거로군요? 그렇죠?

이건 제가 목숨을 걸고 말씀드리는 건데
남자들은 말이죠, 붙잡으려고 하면 달아나버려요.
남자는 나에게 날아들도록, 나에게 찾아오도록 만들어야지

내 곁에 붙잡아두려고 애쓰면 애쓸수록 필사적으로 도망간답니다.
게다가 붙잡으려고 할수록 자기가 잘나서 그런 거라고 믿어버리죠.
그러면 완전 기고만장해지는 거예요.
왕잠자리가 되어 붕붕거리며 날아다니는 거죠.

온전히 내 남자로 만들기 위해서는
있는 그대로의 모습을 솔직하게 보여주는 것이 필요해요.
'이런 모습의 나인데도 내가 좋으냐?'라고 묻는 거죠.
모든 외형적인 것들을 알려주었는데도 나를 좋아한다면,
그 사람을 내 남자로 만들 수 있는 확률이 높아지죠.

하지만, 잠깐이라도 내 곁에 붙들어두고 싶다는 욕심 때문에
사실과는 다르게 포장한 나의 모습을 그에게 보여준다면
머지않아 그 포장은 해체될 테고,
그 남자는 당신을 떠나게 될 거예요.

그러니까, 완전 쓰러질 정도로 마음에 드는 남자를 만났을 때는
당신의 꿈, 연봉, 집안 사정, 고등학교 때의 성적, 교우관계…
이런 것들에 대해 있는 그대로 말하는 게 좋아요.
만약에 당신의 연봉을 두 배 이상으로 높여서 알려줬다고 해봐요.
남자는 연봉에 반해서 당신과 친하게 지내기로 했는데,
6개월쯤 지난 후에 사실이 드러난다면
그 사람은 어떤 표정을 지을까요?
그때도 그가 당신 곁에 남아 있으려고 할까요?

맨얼굴을 보여주라는 얘기가 아니에요.
그건 맨 마지막에 보여주는 거니까.
당신에게 푹 빠져서 다른 곳으로 달아날 수 없게 됐을 때에나
보여주는 거니까요. 맨얼굴을 제외한 당신의 모든 것을
그에게 이야기하고 보여주라는 거예요.
그 남자와 평생을 함께하고 싶다는 마음이 당신의 가슴속에
가득 차올랐다면 말이죠. 단, 전제조건이 있어요.

그 어마무시한 작업을 시작하기 전에, 반드시
당신이 가장 신뢰하는 '남자사람 선배 또는 남자사람 친구'가
그 남자와 같이 밥을 먹고 이야기를 나눌 수 있는 시간을 만드세요.
여자는 백날 남자를 만나도 그 내면세계를 들여다볼 수 없어요.
남자만이 남자의 내면세계를 볼 수 있죠. 그건 남자들이 백날
들여다봐도 여자의 내면세계를 알 수 없는 것과 같지요.

그러니까, 평소에 당신을 소중하게 생각하는 남자들에게
먼저 보여주세요. 마음만 먹으면 훌쩍 달아나버릴 남자에게
당신의 모든 모습을 보여줄 필요는 없을 테니까 말이죠.
그렇지 않나요?

인생에도 여러단계의
시험이 있거든...
한번 망쳤다고해서
인생 전체가 무너지는건
아니라구 !

세상과 점점 멀어지는 느낌입니다.
어떻게 해야 할까요?

세상과 점점 멀어지는 것 같은 느낌이라는 게, 어떤 것일까요?
세상에 대한 애정과 관심이 줄어들고, 어쩐지 내가 세상에
속해 있지 않은 것 같은 느낌. 세상과 내가 따로따로인 것 같은 느낌,
그런 느낌을 말하는 건가요?

제 생각엔 인생이라는 게, 한바탕의 홍역을 치르듯
'어떤 한 시기'를 열심히 살아내고 나면, 그다음엔 허탈해져서
살아간다는 게 별 의미가 있나 싶은 시기가 오는 거라고 봐요.

태풍의 눈과 같은 곳에 속해 있는 그런 시기라고나 할까요?
무엇에도 관심이 없고, 무엇도 나에게 관심을 주지 않는 것 같은
굉장히 공허한 느낌의 시기. 이 세상에 존재하는 모든 것들이
나와는 아무런 상관이 없는 것처럼 느껴지는 그런 시기.

살다 보면, 여러 가지 복합적인 이유로 잠깐씩 그런 시기가 오게
마련이지요. 어떤 때는 열흘 만에 그런 느낌이 사라지기도 하지만,
한 달, 두 달… 또는 일 년 동안 이어지기도 하지요.
그런 시기에는 굳이 세상과 가까워지려고 노력할 필요 없이

자신과 깊은 대화를 나누면서 조용히, 마치 수련이라도 하듯
그렇게 보내시는 게 좋으리라고 봐요.
뼈가 저릴 정도로 '혼자'라고 느껴보는 것 또한, 앞으로
더 열정적으로 살 수 있게 해주는 자극과 에너지가 될 거예요.

궁극적으로 우리가 이뤄야 할 일은 세상과 멀어지는 것이 아니라,
세상과 가까워지는 일이라고 생각해요.
세상을 품에 안고, 세상에 나의 사랑을 쏟아붓는 그런 인생을
살아가는 것이 멋진 인생이라고 봐요.

지금은 잠시 '잠수'하여 지내는 시기라고 생각하세요.
얼마 지나지 않아서, 내부의 원인으로든 외부의 원인으로든
다시 수면 위로 떠오르게 될 거예요.
그때가 오면, 그때는 세상을 더욱 힘껏 껴안게 될 거예요.

그런데...

당신은 어째서
마음의 벽을
쌓기 시작했나요?

9

사랑은 늘 달아나고 싶어한다—

사랑한 만큼 받고 싶어하면

사랑하는 사람과 평생을 같이 살 수 없습니다.

날 위해 헌신하고 희생하지 않는 사랑을

우리는 사랑이라고 믿지 않기 때문이죠.

상대방이 날 사랑해주지 않는다는 느낌이 들면

사람들은 달아나지요, 더 사랑해줄 누군가를 찾아서.

우리가 사랑을 지키는 유일한 방법은

아무리 힘들고 고통스러워도

끝없이 헌신하고 희생하는 것뿐이에요.

그 사람이 나를 어떻게 대하든,

죽어라 사랑하는 것.

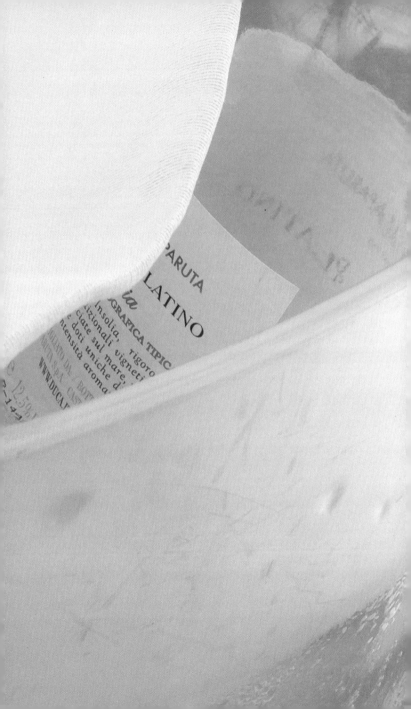

사랑하는 사람과 평생을 함께하고 싶어요.
서로 변치 않을 방법이 있을까요?

사랑은 변한다는 사실을 인지해야 해요. 받아들이고 싶지 않지만.

음식을 냉동실에 보관하더라도, 시간이 오래 지나면 변하게
마련이죠. 그런데 사랑은 상온에 보관하는 거잖아요.
그것도 36.5도라는 매우 따뜻한 온도에서.
그러니 그 안에서의 분자활동이 얼마나 활발하겠어요?
그래서 우리는 사랑이 변한다는 사실을 받아들일 필요가 있어요.
변함없는 사랑을 기대하면, 실망하게 되고 눈물 나는 일들이
생길 거예요.
커다란 바윗덩어리도 세월이 흐르면 변하는데,
그렇게 말랑말랑하고 달콤한 사랑이 어떻게 변하지 않을 수
있겠어요.

다만
변하기는 하지만, 그래도 잘 보살피고 가꾸어나갈 수는 있다고 봐요.
마치 화초를 키우듯이.
화초를 키워봤다면 알겠지만, 화초를 키우는 데에는
무한한 애정과 관심이 필요하답니다.

그냥 내버려둬도 건강하게 잘 자라는 그런 화초는 없죠.
일단 때맞춰 물만 주지 않더라도 시들시들해지다가 결국엔
말라죽고 말죠.

남녀 간의 사랑에 있어서, 물의 역할을 하는 것은 무엇일까요?
사랑의 생명을 유지하게 하는 가장 기본적이고도 필수적인 요소,
저는 그것이 희생과 헌신이라고 봐요.

사랑은 상대의 희생과 헌신을 빨아먹으며 사는 거라고 생각해요.
사랑에는 희생과 헌신이 물과 같은 것이어서,
알맞게 공급해주지 않으면 사랑이 시들고 말지요.
그런데 물을 지나치게 많이 주면, 화초의 뿌리가 썩어서 죽기도
해요. 희생과 헌신도 지나치면 상대방을 익사하게 만들어요.
그래서 '알맞은 희생과 헌신'이라는 게 참 중요해져요.

도대체 어느 정도가 알맞은 거냐? 그건 화초에 따라 달라요.
각각의 특성이 있다는 거죠. 어떤 화초는 매일, 어떤 화초는
사흘에 한 번, 어떤 화초는 열흘에 한 번. 뭐 이런 식으로요.

대부분 사람들은 사랑받기를 원하죠. 사랑받는 건 기분 좋은
일이니까요. 목마른 화초가 물을 마시듯 행복한 일이죠. 누군가에게
지속적인 사랑을 받기 위해서는, 그 사람에게 기쁨을 줘야 해요.
인간은 모두 이기적이어서 누군가에게 사랑을 베풀면 꼭 그만큼의,
또는 그 이상의 대가를 받고 싶어하게 마련이거든요.

사랑의 형태로든 또 다른 형태로든, 어쨌든 나에게 기쁨을 줄 것!
겉으로 드러내고 말하지는 않아도 속마음은 어쩔 수가 없죠.
인간이니까.
엄마가 아이들에게 베푸는 절대적 사랑과는 차원이 다른 사랑이죠.
가는 것이 있어야 오는 것이 있고,
오는 것이 있어야 가는 것이 있는 그런 사랑. 좀 씁쓸하게 느껴질
수도 있지만, 그런 것이 남녀 간의 사랑이라고 봐요.
만약에 그런 게 아니라면, 어째서 그토록 죽을 것처럼 사랑에
빠졌던 사람들이 남남이 되어 헤어질 수가 있을까요?
불가사의한 일이죠.

결론.
사랑하는 사람과 헤어지지 않고 평생을 함께 살아가기 위해서는
그 사람을 위해 나의 모든 것을 바쳐야 해요.
나의 자존심도 바치고, 내 영혼도 바치고, 나의 끝없는 노력도
바치고, 한없는 존경과 용서와 눈물과 탄식도 바쳐야 하죠.
내가 가진 모든 걸 바쳐야 해요. 내 온몸의 뼈가 녹아내려서
흐트러질 정도로 그를 위해 헌신하고 희생해야 해요.

그와 동등해지려고 하거나, 그의 우위에 서려고 하면
두 사람의 관계에 틈이 생기기 시작할 거예요.
남자의 경우도 마찬가지죠. 그녀와 동등해지려고 하거나
우위에 서려고 하면 둘 사이에 틈이 생길 거예요.

우리는 누구나 상대로부터 동등하게 대우받기를 원하죠.
사랑해준 만큼 받고 싶어하는 거예요.
그런 식이어서는 사랑하는 사람과 평생을 같이 살 수가 없어요.
죽는 날까지 헌신하고 희생해야 사랑하는 사람과 같이 살 수 있어요.
나를 위해 헌신하고 희생하지 않는 사랑을 우리는 사랑이라고 믿지
않기 때문이죠.
상대방이 나를 사랑해주지 않는 것 같은 느낌이 들면, 사람들은
달아나요. 누군가 나를 더 사랑해줄 수 있는 사람을 찾아서….

우리가 사랑을 지키는 유일한 방법은,
죽어라 사랑하는 일뿐이에요.
그 사람이 나를 어떻게 대하든, 죽어라 사랑하는 것….
참 어려운 일일 거예요. 하지만 그래야 사랑을 지킬 수 있어요.
사랑하는 사람을 곁에 두고 싶다면 말이죠.

그래서 사랑을 미친 짓이라고 하나 봐요.
내가 미쳤지….

정말 남자는
잡은 물고기에겐 떡밥을 안 주나요?

내 남편은 왜 이렇게 변한 걸까요? 결혼 후 남편은 바깥 세상에 눈을 떠
훨훨 날아다니는데, 저는 시어머니와 아기랑 보내는 시간이 많아지고 있습니다.
어떻게 복수를 해줘야 할까요?

정말 죄송스러운 답변입니다만… 이미 잡은 물고기에게 떡밥을
주는 낚시꾼이 없는 것처럼, 그런 남자 또한 없답니다.
(아, 더러 있는 것 같기는 합니다. 전체 남자의 한 5퍼센트 정도?)

아무튼 현재와 같은 상황에서는, 생활환경이 예전과는 다르게
돌변하였음을 간파하는 것이 중요합니다.
더 이상 떡밥을 주지 않으려고 한다기보다… 남자는 이미
'바뀌어버린 상황'에 적응하고 있는 것으로 보는 게 타당합니다.
연애할 때와는 다르게 모든 상황이 바뀌었으니까요.

연애를 하던 시절, 남자에게 여자는 '갈망의 대상'이지만
결혼을 하고 나면, 남편에게 아내는 '의무의 대상'으로 바뀝니다.
이는 실로 큰 상황변화가 아닐까요?

그뿐만 아니라, 이제는 둘 사이에 아기가 생겼습니다.
이것 역시 엄청난 상황변화라고 봐야 할 것입니다.
제가 알고 있기로, 남자들은 그다지 '아이'들에게 잘 대해주지
못하는 편입니다. 어쨌든 자기 아이니까 귀엽기는 하겠으나…

아이를 돌보는 일에는 미숙하다는 거지요.

남편에게 아기를 한 시간만 맡겨놓을라치면, 대부분의 남편들은 완전히 정신이 나가버립니다.

아기를 보느니, 차라리 군대에서 겪었던 혹독한 훈련을 받는 게 더 낫겠다!고 생각하는 것이 남자들의 기본적인 성향이라고 봅니다. (물론, 가뭄에 콩 나듯, 그렇지 않은 남자들도 있긴 하겠지요.)

그러니 아기가 생기면 점점 더 바깥세상으로 눈을 돌리고, 집에서는 가능한 한 멀어지려는 본능이 발휘되기 시작하는 것이지요.

남편들의 이런 행태를 무조건 나무라기보다는 그 심리상태를 이해해주는 것이 무엇보다 중요합니다. 물론, 남편 또한 '아내의 고통과 답답함'에 대해 기본적인 이해가 있어야겠지요.

결혼을 해서 40대 중반이나 50대가 된 아주머니들을 만나보면, 이런 말씀들을 하십니다. 〈남자들은 다 애들이야.〉 남자들의 정신세계는 아무리 나이를 먹어도 소년의 상태에서 벗어나지 못한다는 것이지요.

아무리 위대한 업적을 남긴 남자라고 할지라도 그는 결국, 한 '어머니'의 '아이'였잖아요. 그 유아기의 습성이 죽을 때까지 몸에 남아 있다는 얘기죠. DNA에 박혀 있는 그 습성은 죽을 때까지 사라지지 않습니다.

아무튼, 이야기를 다시 되돌려서…

부부에게 아기가 생기면 대부분 남자는 집에 들어가기를
두려워하게 됩니다.

(모든 남자가 다 그렇다는 얘기는 절대 아닙니다.)

온종일 시어머니와 티격태격하고, 아이를 돌보느라
거의 탈진상태가 된 아내가 '잔뜩 신경을 곤두세우고 있는' 집으로
돌아가는 것이 남편은 무섭고 두려운 거예요.

그러니, 무슨 핑계를 대서라도 퇴근 후 술자리에서 어울려 놀다가
〈집에 들어가서 잠자기 딱 좋은 시간〉쯤 잔뜩 취해 돌아오는 거죠.

현실에서 도피하고 싶어하는 거라고 볼 수 있겠죠.

자, 상황이 이런 지경일 때 아내가 할 수 있는 일은 무엇일까요?

어떻게 하면 이 인간을 혼쭐내주고, 정신이 번쩍 들게 할 수 있을까?

안타깝게도 '헌신적인 사랑' 말고는 별다른 뾰족한 수가 없습니다.

매우 아이러니한 사실입니다만, 사람은 때려서 말을
잘 듣게 할 수 없습니다. (아, 듣는 척하게 할 수는 있습니다.

그러나 그 방법은 일시적일 뿐이지요.)

남자를 녹이는 데에는… 전폭적인 사랑이 최고입니다.

왜냐하면, 모든 남자들은 결국, 애들이기 때문이지요.

반항하고 대들던 아이들이 결국엔 엄마 앞에 무릎 꿇고
눈물을 흘리듯이, 아무리 못된 망나니 남편이라고 할지라도

아내의 진실하고 뜨거운 사랑 앞에는 속수무책이 될 수밖에
없는 거지요.
나그네의 옷을 벗기는 것은 바람이 아니라 햇살이거든요.

남편에게 복수하고 싶다 하셨죠?
원수를 사랑으로 대하세요. 그러면, 그 원수가 무너져 내립니다.
마치 '아이를 키우듯이' 그렇게 남편을 키우세요.
지극 정성과 끝없는 사랑으로….

그 방법 말고는 달리 복수할 방법이 없답니다.
다그치면 다그칠수록 남편은 점점 더 멀리 달아날 뿐이니까요.
어린아이를 달래듯이… 토닥토닥….
(물론, 가끔은 따끔하게 야단을 치세요. 하지만 야단을 친 후에는
바로 따뜻하게 안아주세요. 엄마처럼.)

그러기가 쉽지 않다는 거, 저도 잘 알아요.
하지만, 행복한 가정을 이루기 위해서는 그만한 노력이
필요한 거라고 봐요.
그 멋진 일을 꼭 해내시길 빌어요. 홧팅!

냉장고에 보관할 음식도
변하는데,
36.5도에서 보관할 사랑이
변하는 건
영원을 아닐까?

사람들에게 제가 더
마음을 주는 것 같을 때 서운해져요.

저는 도대체 왜 이럴까요? 어떤 사람이 저보다 다른 사람에게
마음을 더 많이 주는 것 같을 때 특히 더 서운해요.

세상에는 두 종류의 사람이 있다고 봐요.
하나는 스스로 다른 사람들에게 다가가는 타입이고
또 하나는 다른 사람들이 다가오기를 기다리는 타입이지요.
대인관계에 있어서 전자는 적극적인 타입,
후자는 소극적인 타입이라고 할 수 있겠죠.

적극적인 성향의 사람들은, 일단 일을 벌이고 난 다음
나중에 수습해도 괜찮다고 생각하는 사람들이고
소극적인 사람들은, 일을 벌이기 전에 철저한 대책을 세우고 나서
일을 벌이는 것이 현명한 방식이라고 믿는 사람들이지요.
사람의 성향은 날 때부터 유전인자 속에 가지고 있는 것이라서
훈련을 통해 개선되기가 좀처럼 어려운 일이라고 봅니다.
그럼에도 불구하고, 꾸준히 노력하다 보면 원하는 스타일로 바뀔 수
있는 것 또한 '인간의 성품'이라고 저는 생각하고 있습니다.

'내가 그를 좋아하는 것에 비해 나를 덜 좋아하는 것 같다'
라는 생각 때문에 고통스럽다면, 오히려 더욱 힘을 내서 그에게
더 많은 애정을 쏟아보세요.

〈내가 그를 더 좋아하면, 내가 손해다〉
라는 단순한 계산법에서 벗어나
〈내가 그를 더 좋아하면, 내가 이익이다〉라는 계산법을
가져보기를 권합니다.
그의 가슴속보다 내 가슴속에 더 깊고 빵빵한 사랑이 있으니까
그 사람에 비해서 내가 더 많은 '사랑'을 가진 거잖아요.

누구나 자신을 가장 사랑해주는 사람 앞에 무릎을 꿇게 마련입니다.
만일 그 사람이 '세상에 그 누구도 당신만큼 나를 사랑해주는
사람이 없다'라는 걸 깨닫는다면 그의 반응은 어떻게 변할까요?
그는 당신을 잃고 싶지 않아서 안절부절 못하게 되겠죠.
자신을 그토록 진심으로 사랑해준 사람이 없기 때문이에요.

사랑받으려 하지 말고 다른 사람들에게 먼저
사랑을 베풀기 위해 모든 노력을 쏟아붓기 바랍니다.
내가 세상의 중심이라고 생각하지 말고,
그들이 세상의 중심이라고 생각하세요. 굉장히 어려운 일이기는
하지만, 열심히 노력하면 가능해질 수도 있답니다.

내가 세상에 대해 적극적이고 열정적일 때
세상 또한,
나에게 더 적극적이고 열정적이 된다는 사실을
기억하셨으면 좋겠어요.

당신의 마음을 털어놓지 않아도 좋으니까,
그가 베푸는 사랑의 한 배 반쯤의 사랑을 그에게 쏟아보기를
권합니다. 그가 어떤 일에 기뻐하고, 어떤 일에 마음이 움직이는지
잘 읽어내서 그를 기쁘게 해주기를 바랍니다.

그렇게 꾸준히 사랑을 베풀다 보면,
그에게 당신은 이 세상에서 가장 소중한 사람이 될 거예요.

늘 항상, 먼저 베풀고 '보상을 바라지 않는 훈련'을 지속하기를
권하고 싶습니다.

사람에게 너무 금방 꽂히고
금방 식어버려서 고민이에요.

저는 화살인가 봐요. 조금만 매력이 있다 싶으면 자꾸 꽂혀요.
그러다가 냄비처럼 샥~ 식어버립니다. 일명 냄비.화.살! 어떻게 해야 할까요?

만일 본인에게 '화살적'인 특성이 있다고 생각한다면
꽂히는 게 당연하므로, 그 점에 대해서는 걱정할 필요가 없답니다.
정말 손톱만큼도 자괴감을 가질 필요가 없다고 생각해요.
왜냐하면, '화살'이 꽂히는 건 자신의 본분을 다하는 거니까요.
'화살'은 이 세상에 꽂히기 위해서 태어난 존재거든요.
생각해보세요. 꽂히지도 않는 화살을 어느 짝에 쓸 수가 있겠는지.

다만, '냄비'처럼 조금만 흥분하면 바로바로 꽂힌다는 것이
문제일 수도 있다는 생각은 드는군요.

'화살의 성향'을 가지고 태어난 사람으로서,
마음만 먹으면 어디에든 꽂힐 수 있는 재능을 가지고 태어난
존재로서, 늘 염두에 두어야 할 것이 있다면
그것은 바로 '어디에 꽂힐 것인가'라고 말할 수 있겠습니다.
이 문제에 대해 늘 신중한 자세를 갖춰야 한다고 봐요.

마음만 먹으면, 어디든 꽂힐 수 있으니까 선택권이 너무나
다양하고 풍부하지 않나요?

그러니, 아무 데나 마구 화살을 꽂지 말고 찬찬히 잘 살펴보다가
정말로 먹잇감이 될 만한 '멋진 녀석'이 나타났을 때
온 힘을 기울여, 필살의 화살을 날리기 바랍니다.

다람쥐나 토끼, 너구리 등이 나타날 때마다 화살을 날리다가
'멋진 녀석'이 나타나서 화살을 당기려 했더니
정작 화살이 떨어져 쏠 수 없는 그런 난처한 경우를 당하지 말구요.
알았죠?

왜 혼자 다니는 사람은 이상하게 보는 거죠?

왜 사람들은 혼자 영화나 공연을 보거나, 여행 가는 걸
궁상맞고 처량하다고 규정해버릴까요?
혼자여서 즐겁고, 또 가끔은 혼자라서 더 행복한데 말이죠.

그건 그 사람들이 혼자서는 아무것도 못 하는 사람들이기
때문이라고 봐요. 혼자서는 밥도 못 먹고, 혼자서는 영화도 못 보고,
혼자서는 여행도 못 가는 그런 사람들이기 때문이죠.
누구와 함께하지 않으면 아무것도 하지 못하는
굉장히 유아적인 타입의 사람들이라고 할 수 있을 거예요.
물론, 함께해서 더욱 즐거운 일들이 있는 것도 사실이지만
혼자 한다고 해서 '그 즐거움'을 느낄 수 없는 것도 아니잖아요.

저의 경우, 혼자 영화 보는 걸 더 좋아한답니다.
누구랑 같이 영화를 보면, 집중하는 데에 방해가 되더라구요.
그래서 좋은 작품들은 일부러 혼자서 보려고 애쓰는 편이지요.
다 함께 어울려 깔깔대며 몰려다니는 여행도 재미있지만
아주 마음이 잘 맞는 친구들과 여행을 가는 게 아니라면,
전 오히려 혼자 떠나는 여행을 선호하는 편이랍니다.
홀로 떠나는 여행이 주는 '아주 특별한 느낌'을 정말 좋아하거든요.

여행지에서 혼자 여행하는 사람들을 만나보면
굉장히 멋있어 보이더라구요.

내면의 세계가 아주 깊고, 그윽한 사람이라는 느낌이 전해지니까요.
전혀 외로워 보이거나, 쓸쓸해 보이지 않아요.
오히려 그 넉넉한 인품과 영롱한 아우라에 반하게 되죠.

'혼자서도 잘해요'는 칭찬받을 일이라고 저는 생각해요.
물론 인간은 혼자서만 살 수 있는 존재가 아니기 때문에
'더불어 사는 삶'에 대해서도 많은 관심을 가져야 한다고 봐요.
하지만 혼자 무엇을 한다는 것이 '처량하거나 불쌍한' 일은
아니라는 거죠.

혼자 뭔가를 하는 걸 '처량하거나 불쌍'하게 생각하는 사람은
혼자서는 아무것도 할 수 없는 사람입니다. 그래서,
만약에 자신이 뭔가를 혼자 한다면 굉장히 '처량하거나 불쌍'해
보일 것 같아서 그런 말들을 하는 거죠. 그러니까 누가 그런
소리를 하면, 한번 씨익~ 웃어주며 넘기세요. 하하하.

혼자서는 아무것도 못 하는 것들이 뭘 안다고 까불고 있어.
후후후.

거짓말로 사랑하는 사람에게 상처를 줬어요.

제가 사랑하는 사람의 마음을
거짓말로 인해서 너무 아프게 했는데 어떻게 해야 할까요?

거짓말은,
사랑하는 사람의 영혼에 깊은 상처를 입히지요.

우리가 거짓말을 하게 될 때는
당장 작은 불편함을 피하려고 하는 것이 대부분이지만
그것이 거짓말이었다는 게 밝혀졌을 때의 충격은,
두 사람의 관계를 끝나게 할 수 있을 정도로 심각하지요.
'사랑'이란, 믿음을 바탕으로 하는 것인데
그 믿음에 금이 간다면 아무리 강력한 접착제를 써도
그 부분을 매끈하게 다시 붙이기가 어려워집니다.

피치 못할 사연 때문에 거짓말을 했고,
그 거짓말의 실체가 완전히 드러났다면
목숨을 걸고, 다시는 거짓말을 하지 않겠다 맹세해야 합니다.
그리고 다시는 거짓말을 하지 말아야 합니다.
그 사랑을 지키고 싶다면, 그렇게 해야 합니다. 또다시 거짓말을
하는 순간, 내 생명이 끝난다는 자세로 살아야 합니다.
그렇게 해야, 그 사랑을 지킬 수 있습니다.

'다시는 거짓말을 하지 않겠다'는 그 약속을 지킬 수 없다면,
차라리 사랑을 포기하는 게 낫습니다.
언젠가는 그 사람의 마음을 지금보다 더 많이 아프게 할 테니까요.

현재로선 당신의 뉘우침을 '사랑하는 사람'에게 보여주는 것이
가장 중요합니다. '사랑하는 사람'이 〈이제 됐다, 그만하라. 앞으로
다시는 그러지 마라〉라고 말할 때까지 용서를 구하고, 또 구하고,
또 구하세요.
현재로서는 할 수 있는 방법이 그것밖에 없다고 생각합니다.

그 사람에게 용서를 간절히 구하면서, 동시에
만약 그 사람이 당신에게 어떤 거짓말을 하게 되더라도
그 거짓말한 행위를 용서해줄 수 있는 아량을
당신의 마음속 깊은 곳에서 키우고 갖추기를 바랍니다.
그 사람이 당신에게 어떤 거짓말을 하게 되더라도
고통의 수렁에서 벗어나 그 사람을 품에 안아줄 수 있는
그런 포용력을 당신 또한 갖추기를 바랍니다.

무슨 수를 써서라도 그 사람에게 용서를 구하고
다시는 거짓말을 하지 말기를 권합니다.
그렇게만 한다면, 사랑의 불꽃은 되살릴 수 있습니다.

'사랑'이란 모든 잘못을 용서하는 것이기도 하니까요.

스물일곱 살이 싱글인 게
모자란 사람 취급받을 일입니까!

어째서 타인의 커플 여부에 관심들이 그리도 많으며, 자신들의 기준에 합당하지 않을 때에는
가차 없이 모자란 사람 취급을 하는 걸까요. 그들의 그 시선이 참 싫습니다.

스물일곱 살에 싱글인 것은 지극히 정상적인 거라고 봐요.
제 주변에는 삼십 대 중반인데도 싱글인 친구들이 아주 많거든요
(거의, 전체의 절반 이상인 듯). 그러니까 스물일곱 살에, 현재
싱글인 사람들의 비율도 거의 그 정도일 거라고 생각해요.

싱글은 범죄가 아니에요. 부도덕한 것도 결코 아니구요.
싱글은 오히려 무한한 가능성을 가진 빛나는 존재들이라고 봐야죠.
저는 나이 든 분들이 왜 싱글들을 구박하고 못살게 구는지
도무지 이해할 수가 없어요.

〈무한한 가능성을 지니고 있는 존재〉 멋지지 않나요?
그 '무한한 가능성'을 가지고 있다는 사실에 기뻐하며
마음껏 즐기시기 바랄게요.
'내 인생의 사람'이 나타날 때까지 느긋한 기분으로
현재의 생활에 충실하게, 그리고 자신의 꿈을 키워나가면서
그렇게 살아가시기 바랍니다.

그렇게 살아가다 보면, 가장 알맞은 때에
'당신의 사람'이 짠~ 하고 나타날 거예요.
절대로 초조해하지 말고 남들이 하는 쓸데없는 헛소리에
주눅이 들거나, 걱정하지 않기를 바랄게요.

왜냐하면, 싱글은 '빛나는 자유로움'을 가진 존재거든요.
아직 '싱글'일 때 부디 그 자유로움을 만끽하시기 바랍니다.
운명적인 사랑이 이제 곧, 머지않아 찾아올 테니까 말이죠.

헤어지자는 그 사람을
어떻게든 붙잡고 싶습니다.

그 사람은 일 때문에 스트레스도 많이 받고, 생활에 의욕이 없다고 하더군요.
그리고는 저에 대한 확신이 안 든다며 이별을 통보했습니다.
하지만 저는 이대로 보내고 싶지 않아요.

지금은 그 사람을 가만히 내버려두는 것이 최고의 선택입니다.
쓸데없이 도움을 주겠다고 자꾸 이런저런 시도를 하면
그 사람은 그것마저 귀찮아하게 되고,
자신을 귀찮게 하는 그 대상도 귀찮아하게 되지요.

그녀에게 지금 가장 필요한 것은 휴식입니다.
개인의 휴식과 안정에 관한 문제는 누가 대신 도와줄 수 없는
일입니다. 그럴 때는, 가만히 내버려두는 것이 그 사람을 사랑하는
방법입니다. 부디, 긴 안목을 가지고 멀리 바라보면 좋겠어요.

만약에 그 사람이 당신에 대해 '내 사람이다'라는 믿음을 갖지
못 하겠다고 말한다면, 그 믿음을 심어주면 됩니다. 믿음을 심어주는
것은 당신의 노력 여하에 달려 있다고 저는 생각합니다.

우선은 그 사람이 홀로 쉬며 안정을 취할 때까지, 조용히
기다리십시오. 물론 당신이 기다리고 있다는 사실은 알려줘야
합니다. 〈그대가 좀 편안해질 때까지, 내가 조용히 기다리고
있겠다〉라고 말이지요.

조용히 기다리면서
그녀의 생일이라든지, 아니면 크리스마스나 또는 어떤 기념일에
'감동적인' 선물을 하기 바랍니다.
당신의 사랑을 확인할 수 있는, 그런 선물!

지금 당장, 빠른 시간 안에 그녀를 품에 안으려고 애쓰지 말고
느긋하게 멀리, 아주 멀리 바라보기 바랍니다.
3년이나 5년 정도 죽도록 사랑을 쏟겠다는 자세를 가져보세요.
그리고 절대로 중간에 포기하지 말고 꾸준히
당신의 사랑을 전하세요.

〈전폭적이고 꾸준한 사랑〉을 뿌리칠 수 있는 '그런 사람'은 없다는
것이 저의 믿음입니다.

멀리 떨어져 있으면
관계를 유지할 수 없는 걸까요?

전 외국에 있고, 사랑하는 사람은 한국에 있습니다.
그 사람에게 기대했다가 실망하기를 반복하며 지내는 게 힘듭니다.
멀리 떨어져 있어도 관계를 유지하는 방법은 없을까요.

혹시 〈눈에서 멀어지면, 마음에서 멀어진다〉라는
일반적인 속설에 대해서 어떻게 생각하나요?
아주 극히 드문, 특별한 경우를 제외한다면 대체로 저 속설은
적중한다는 것이 제가 경험을 통해 얻은 깨달음입니다.

사랑에 빠진 상태에서 생이별을 하여 멀리 떨어지게 될 경우,
당시에는 아직 가슴이 뜨거운 상태이기 때문에
우리는 그 사랑이 변함없이 지속되리라고 믿습니다.
만약에 서로 교신이 되기만 한다면, 달나라 우주기지로
3년간 파견근무를 떠난 연인과도 사랑을 지속할 수 있다고
굳게 믿고 또 믿습니다.

그러나 안타깝게도 그 '믿음'과 '현실' 사이에는
상당한 거리가 생길 수 있습니다. 서로 속해 있는 환경이
다르니까요. 떨어져 있으니, 환경을 공유할 수 없잖아요.
그건 서로 다른 세상에서 살아간다는 의미이지요.

게다가 손을 잡을 수도 없고,

서로에게 줄 수 있는 자극 자체가 아주 미미해지기 때문에,
자극에 따른 상대방의 반응 또한 약해질 수밖에 없는
안타까운 상황이 반복된다는 얘기지요.

연인 중 한 사람이 외국에 나가고, 한 사람은 국내에 있을 경우,
그 사랑이 따끈따끈하게 유지되려면 최소한 6개월에 한 번 정도는
만나서 마음을 나눌 시간이 주어져야 한다고 생각합니다.
그런 필수조건이 충족되지 않는다면…
그 사랑은 튼실하게 성장하기 어려우리라는 게 저의 생각입니다.
(100퍼센트는 아니겠으나, 아마도 99퍼센트의 확률로.)

만약에 1년이 넘도록 만날 수 없는 상태로 있게 된다면,
저라면 연인관계를 마무리 짓고 '그냥 좋은 친구'가 되어
떨어져 지내고 싶습니다.

그렇게 1년이고 2년이고 3년이고 지내다가
우리가 다시 외국에서든 한국에서든 시간을 공유하게 됐을 때
그때도 서로를 깊이 사랑하고 있다면, 그때 다시
'내 인생의 사람'으로 결정하고 인연을 이어가면 되는 거니까요.

젊은이들은 자유롭게 살아야 합니다.
자유가 그들의 특권이고, 그 자유가 그들을 성장하게 하니까요.
외국에 무슨 이유로 나가 계시는지 모르겠으나
사랑하는 그 사람이 '내 인생의 인연'이라고 생각한다면,

당장 외국 생활을 청산하고 서둘러 귀국하시기를 권합니다.
아니면, 그 사람을 현재 당신이 머무르는 곳으로 불러들이든지요.

멀리 떨어져 있는 채로는, 사랑을 키워나갈 수가 없습니다.
그건 두 사람에게 너무나 가혹한 일입니다.
합류하여 같은 곳에서 살아갈 수 없다면
그냥, 친구로 지내는 걸로 하고 서로를 자유롭게 놓아주세요.
그 사람에 대한 기대와 바람을 접으시라는 얘기지요.
저는 이 방법을 권하고 싶습니다.
두 분이 '운명적인 인연'이라면 5년을 떨어져 지내든
10년을 떨어져 지내게 되든 어차피 다시 만나게 될 테니까요.

아, 그리고 한 가지 쓸데없는 조언 하나. 멀리 떨어져 있는 사람은,
절대 내 마음대로 컨트롤할 수 없습니다.
각자가 살고 있는 환경과 조건이 완전히 다르기 때문이지요.

그런데···

그때 눈물을
흘렸던 이유로
뭔가요?

4
내 가슴을 열어 보였습

누군가 나를 좋아하는 게 두려운 까닭은

나를 오픈하는 게 두려워서인지도 모릅니다.

나를 둘러싼 보호막을 팡, 터뜨려보세요.

그럼 엄청나게 홀가분한 기분이 들 거예요.

그리고 두 팔을 벌려, 당신의 인생을 와락 끌어안으세요.

나를 좋아해주는 사람이 나타나면
두려워져요.

나를 좋아해주는 사람을 만나야지 하면서도
왜 막상 그런 사람이 나타나면 몸을 사리게 되는 걸까요?

아마도 자기보호 본능이 굉장히 강한 분이어서
그런 건 아닐까 하는 생각이 드는군요.
누군가가 나를 좋아한다며 가까이 다가오는 게 무서운 거예요.
그 사람이 나를 좋아해주는 만큼, 그만큼 나를 오픈해야 하니까
자기보호 본능이 강한 사람들은 그런 상황이 되는 게 두려운 거죠.
누군가가 나를 좋아해주는 걸 즐길 줄 모르는 거죠.
기분이 즐겁고, 약간 흐뭇하고, 그래야 할 텐데
'어… 저 사람이 날 좋아하는 것 같아. 어떡하지? 아이 무서워….
더 이상 가까이 오지 마.' 이렇게 된다는 거죠.

나를 열어보려는 노력이 필요하다고 생각해요.
자신을 둘러싸고 있는 보호막을, 팡! 터뜨리세요.
(한 번에 터뜨리기 힘들다면, 천천히 살곰살곰 터뜨리세요.)
보호막이 터지고 나면,
엄청나게 후련하고 홀가분한 기분이 들 거예요.
그리고 두 팔을 벌려 당신의 인생을 와락 끌어안으세요.
그리하여 내가 아닌 다른 사람과 손을 잡는다는 것이
얼마나 가슴 벅찬 일인지 느껴보시길 바랄게요.

결국, 무슨 일이든 내 탓이라고
여기게 됩니다.

모든 것이 내 탓이라고 여기는 타입의 인물은
지나치게 책임감이 강한 인물이거나
또는 지나치게 욕심이 많은 인물일 수도 있다고 봐요.
어떤 문제의 잘못이나, 어떤 문제의 해결을 독차지하려는 경향이
강한 인물이기 때문이지요.

어려운 문제일수록 혼자서 푸는 것보다는 둘이서 푸는 것이 낫고,
둘이서 푸는 것보다는 셋이서 푸는 것이 낫습니다.
오죽하면 백지장도 맞들면 낫다는 속담이 있을까요?
그러니 제발 모든 문제를 독차지하고 혼자서 해결하려는 마음을
버리세요. 다른 사람들도 '문제를 해결할 때에 느끼게 되는'
그런 즐거움를 맛볼 수 있도록 기회를 나눠주시기 바랍니다.

부디, 문제 해결과 책임에 대한 욕심을 버리시길 바랍니다.
당신 혼자서 문제를 끌어안고 웅크리고 있으면,
다른 사람들까지 답답해지거든요. 그러니 제발 모든 '탓'을
다른 사람들과 기꺼이 공유하길 바랍니다. 그래야만 세상이
화기애애하고 원활하게 돌아갈 거예요. 아셨죠?

아직도 꿈을 찾지 못했어요.

꿈을 따라 살고 싶어요. '남들이 으레 그러는 것처럼, 흘러가듯이' 살고 싶지는 않은데,
아직 꿈을 찾지 못했어요. 제 꿈은 언제 생길까요?

'꿈'이라는 게 현실 속에서의 어떤 목표를 의미하는 거라면
일단, '목표'를 설정하는 게 필요하다고 봐요.
인생의 목표라는 게, 어떤 사람들은 일찍부터 설정하지만
어떤 사람들은 서른이 넘은 나이에 정하기도 한다죠.
또 어떤 사람들은, 마흔이 넘은 나이에 그 목표를 찾게 되기도
한다네요. 자, 아무튼 아직까지 그 목표를 찾지 못했다는 얘긴데…
그렇다면 이렇게 해보는 건 어떨까요?

일단 '오늘의 목표'를 정하세요.
오늘 무슨 영화를 보겠다, 무슨 전시회를 보겠다, 누구를 만나겠다,
이런 목표를 세우는 거지요.
당분간은 '대단한 목표'는 생각하지 말고 그냥 오늘의 목표만
세우세요. 그리고 매일 그 실천사항을 일기처럼 적어나가세요.

하루하루의 목표로 세운 일들이 마음먹은 대로 착착
잘 이루어지게 되면 그때는 '이 주의 목표'를 세워보세요.
매주, 약간 공을 들이고 어느 정도 시간을 들여 할 만한 그런 목표를
세우는 거예요. 그리고 차근차근 이루어나가는 거죠.

'일주일의 목표'도 뜻한 바대로 차근차근 잘 진행된다 싶으면
그때부턴 이제 '이 달의 목표'를 세우는 거예요.
'이 달의 목표'는 약간 굵직한 일들이 될 거예요. 부산 영화제에
간다든지, 제주도 여행을 간다든지 하는 목표죠.

그렇게 한 달, 두 달, 세 달, 네 달… 살다 보면
어느덧 '올해의 계획'을 세울 수 있는 때가 올 거예요.
그런 경지에 이르고, 그 계획을 뒷받침할 수 있는
탄탄한 실천력이 갖추어진다면, 그때부터는 '5년 후 계획',
'10년 후 계획'쯤은 식은 죽 먹듯이 세울 수 있게 될 걸요?
그 말은 즉, '인생의 계획'을 세울 수 있게 된다는 거죠.

아무튼, 제가 말씀드린 방법대로 딱 1년만 살아보세요.
그러면 1년 뒤에는 황홀하고 눈부신 '나의 꿈'을 갖게 될 거예요.
〈내 인생의 목표〉는
'하루하루의 목표'를 실천하는 것으로부터 시작하여
구체적인 형체를 갖추어나가게 되는 거라고, 저는 믿고 있답니다.
오늘 하루의 목표, 파이팅!

열정은 어떻게 해야 생기나요?

열정은 어떻게 해야 생기고,
또 그 열정을 식지 않게, 뜨겁게 간직하려면 어떻게 해야 하나요?

열정이란, 가슴속에 있는 작은 불씨에서 움트는 거라고 봐요.

사람들은 누구나 가슴속에 작은 불꽃을 하나씩 가지고 있는데
어떤 만남이나 어떤 계기를 통해서, 그 불꽃에
'인화성이 강한 물질'이 더해지면 그때 비로소
'열정'이라는 이름의 불길이 활활 타오르게 되는 거죠.

어떤 사람들은, 예술이라는 이름의 인화성 물질을 통해서
또 어떤 사람들은, 사랑이라는 이름의 인화성 물질을 통해서
또 어떤 사람들은, 돈이라는 이름의 인화성 물질을 통해서
또 어떤 사람들은, 명예라는 이름의 인화성 물질을 통해서
(물론, 이 밖에도 여러 종류의 '인화성 물질'이 존재하겠지요)
다들 그렇게 활활 타오르게 되는 거라고 봐요.

일단 그렇게 불이 붙었다면
어떻게 해야 그 불길이 오랫동안 꺼지지 않고
활활 타오를 수 있도록, 그 '열정'이라는 이름의 불길을
더 뜨겁게 살려나갈 수 있을까요?

대부분의 경우
가슴속에서 하나의 '열정'에 불길이 솟아오르면
그 열정은, 그 사람이 가지고 있던 잠재적인 열정들을 끌어모아
더욱더 활활 타오르게 만든다는 생각이 듭니다.

사랑에 빠진 예술가가 그 이전에는 볼 수 없었던 폭발적인 열정으로
일생일대의 역작을 남기는 경우가 좋은 예라고 봐요.
돈에 대한 열정이나, 명예에 대한 열정이나, 스포츠에 대한
열정이나, 모두 마찬가지겠지요.

그것이 무엇이든 일단 우리 가슴속에 있는
아주 작은 불씨로부터 어떤 열정의 불길이 솟아오르면,
그것이 우리 몸에 내재되어 있던 다른 열정에도 옮겨붙어
연쇄폭발을 일으키게 됩니다.
말하자면 '열정의 핵융합반응'이라고나 할까요?
우리 몸속에서 '열정의 축제'가 벌어지는 거라고 보면 될 거예요.

그다음부터는 지속해서 밑불을 잘 숨아주고,
가끔 새로운 장작을 하나씩 얹어주기만 하면
한 번 시작된 열정은 평생토록 꺼지지 않고 지속될 수 있어요.

역사적인 인물 중에서 우리는 이미 많은 모델들을 보고 있잖아요.

저는 왜 사람에게 상처만 받을까요?

제가 못되게 군 적도 없는데, 사람들에게 상처만 받아요.
도대체 제가 뭘 잘못한 걸까요?

'못되게 군 적도 없는데' 자주 상처를 받곤 한다면
그건 아무래도, 질문하신 분이 너무 착한 성품의 인물이어서
그런 건 아닐까요?
성품이 너무 여려서 누가 살짝만 건드려도 '아야!' 하고 소리를
지르게 되는…. 그러니까, 외부의 자극에 예민하게 반응하는
타입인 것 같다는 얘기죠.

만약 그런 게 맞다면
외부의 자극에 두려워하지 말고, 좀더 강한 자극들을 겪어나가면서
자극에 대한 내성을 키우면 좋겠어요.

사람이 열 대쯤 맞고 나면 그다음엔
열다섯 대쯤은 너끈히 맞을 수 있을 것 같은 자신감이 생기고,
스무 대쯤 맞고 나면 서른 대도 너끈히 맞을 수 있을 것 같은
뚝심이 생기거든요.
물론 맞고, 상처받고, 그러면 아프고 우울하고 그렇기는 하지만
그 아픔과 상처를 통해 우리가 성장하는 거라고 보거든요.

그러니, 상처받는 걸 너무 두려워하지 말고
기꺼이 온몸을 던져 또다시 파이팅하시길 응원합니다.

상처를 두려워하는 사람은
인생을 헤쳐나갈 수 없게 되고, 결국엔 사람들을 멀리하며,
아무도 사랑할 수 없게 될 수도 있답니다.
사랑과 인생은, 고통을 통해 성장한다는 사실을 기억해주세요.

고통이 없이는 사랑도 없다!
비바람을 견디지 못한 나무는 꽃을 피울 수가 없다!
인생이라는 '사각 링'의 열혈 파이터, 파이팅!

상처받을 걸 두려워 말고
기꺼이 온몸을 던져
다시, 또 다시!

평범하게 사는 법 좀 알려주세요.

평범하게 살고 싶어요. 막 행복한 것도 아니고 막 불행한 것도 아니고
미지근하게 그냥 그렇게! 근데 그게 너무 힘들게 느껴지네요.

세상을 살아가는 방식에는 크게 세 가지 스타일이 있다고 봐요.
하나는, 길길이 날뛰면서 살아가는 방법이고
또 하나는, 그냥 찌질하게 징징거리면서 살아가는 방법이고
그다음은 날뛰지도 않고 찌질하지도 않게 그냥, 사부작사부작
남들이 하는 만큼만 하면서 조신하게 살아가는 방법이지요.

뜨겁지도 않고 그렇다고 차갑지도 않게
격랑에 휩쓸리지도 않고, 그렇다고 또 아예 고여 있지도 않은 채
공부를 아주 잘하는 것도 아니고, 아주 못하는 것도 아닌
중간 정도의 성적으로 그냥 남들 하는 만큼,
딱 그 정도로만 살아가는 방식.
그러니까, 바로 우리가 말하는 '가장 평범한 삶'.

그런데, 가만히 생각해보면
평범하게 산다는 건, 정말 어려운 일 같아요.
남들 졸업할 때, 나도 졸업해야 하고
남들 연애할 때, 나도 연애해야 하고
남들 입사할 때, 나도 입사해야 하고

남들 승진할 때, 나도 승진해야 하고
남들 결혼할 때, 나도 결혼해야 하고
남들 집 살 때, 나도 집을 사야 하고
남들 해외여행 갈 때, 나도 해외여행 가야 하고
남들 애 낳을 때, 나도 애 낳아야 하고.

생각해보면 이런 것들이 얼마나 힘든 일인지….

제 생각엔 그래요. 평범하게 살기 위해선 '열심히' 살아야 하는 것
같아요. 남들이 일할 때 똑같이 일해야 하니까,
최소한 남들이 일하는 만큼은 해야 하는 게 맞는 거잖아요.
(아아… 남들 일하는 만큼 일을 하려면, 도대체 얼마나 열심히 해야
하는 걸까요?)

그런데 문제는 그렇게 열심히 일하며 살면서도
'특별한 욕심'을 부리지 말아야 한다는 거예요.
그게 바로 '평범한 삶'을 영위하게 되는 비결인 것 같아요.
욕심을 부리기 시작하면서 드디어 무리를 하게 되고, 무리하게 되면
그때부터 평범한 삶과는 거리가 멀어지게 되는 거라고 봐요.
남들 잘 때 나도 자야 그게 평범한 삶인데 남들이 잘 때도 혼자서만
열심히 일하는 '평범하지 않은' 길로 들어서게 되는 거지요.

어떻게 하면, 즐거운 마음으로 기꺼이 욕심을 버릴 수 있을까요?
이 문제에 대해서는, 저 자신도 아직 답을 얻지 못한 상태랍니다.

그런데, 사람들 중에는 '욕심이 별로 없는' 성품을 가지고
태어나는 사람들이 있는 것 같아요. 그런 사람들은 일부러 애쓰지
않아도 평범한 삶을 살게 되는 것 같아요. 축복받은 삶이죠.

어쨌든, 제 판단이 옳다면
욕심을 버려야 평범하게 살 수 있다는 얘긴데
욕심을 버리기 위해서는 부단히 노력해야 한다고 생각해요.
마치, 아침 조깅을 하듯이 매일매일 시간을 정해놓고,
우리 영혼에 붙어 있는 욕심을 털어내는 거예요.
털어내고 또 털어내서 우리의 영혼이 아주 맑고 깨끗해질 때까지
그렇게 욕심을 털어내는 거지요.
그때야 비로소 '평범한 삶'을 살 수 있게 되는 것 같아요.

그러니 어찌 보면,
'평범한 사람'들이란 참으로 '비범한 사람'들인지도 모르겠어요.
아무튼, 평범한 삶을 살아가고 싶다면 일단
욕심을 버리는 훈련부터 시작해보세요.
아마도 그게 가장 빨리 평범한 삶을 습득하는 방법일 거예요.

좋아서 시작한 일인데 '초심'을 잃었어요.

너무 익숙해진 걸까요. 좋아서 달려들어 5년째 하고 있는 일인데.
요즘은 마음도 안 가고 재미도 없고 설렁설렁하게 돼버렸어요.
평생 하고 싶은 일이었는데, 초심은 진작 사라지고 없네요. 어떻게 해야 할까요?

일이라는 게 원래 그런 것 같아요.
'같은 일'을 반복해서 하다 보면, 그 일에 익숙해지게 되잖아요?
눈을 감고도 할 수 있을 것 같은(실제로도 눈을 감고 할 수 있죠,
5년쯤 같은 일을 반복하면. 한석봉 어머니가 떠오르는군요~).

참 이상한 것이, 같은 일을 5년쯤 반복하다 보면
일에 정성이 담기지 않는 것 같은 느낌이 들 때가 많아지죠.
아무도 칭찬하지 않고(5년이나 했으니, 그 정도 하는 건
기본이니까), 아무도 야단치지도 않아요(뭘 특별히 잘못하는 게
있는 것도 아니니까).

그러니까, 이쯤 되면 일을 그냥 설렁설렁하게 되는 거예요.
아무런 성취감이나 긴장감이 없으니까.
어떻게 보면 매우 안정적이기 때문에 좋아 보일 수도 있지요.
순풍에 돛을 단 듯이 느린 속도로 천천히 흘러가는….
5년쯤 되면 누구나 그래요. 안정적인 직장에서 일하다 보면.
게다가 성취감을 느낄 수 없고 일에 대한 보람도 느낄 수 없게
된다면 더욱 그렇죠.

직장생활이라는 게, 대체로 그런 주기가 있대요. 누구에게나.
3년 차, 5년 차, 7년 차, 9년 차….
(10년 차가 넘었는데도 회사에서 나가란 소리를 안 하면,
그 사람은 회사에 꼭 필요한 사람이라고 할 수 있을 거구요.)

아무튼 그렇게 주기별로 기운이 빠지고, 일에 대한 애정이 식는
시기가 온대요. 그래서 그 시기에 퇴직을 하거나 이직을 하는
경우가 많다고들 하더군요.
저도 잘 다니던 회사를 7년 차에 그만둔 경험이 있네요.
정말 안정적인 직장이었는데, 그만두고 가시밭길로… 하하하.

5년 차인 이 시기가 매우 중요하다고 봐요.
7년 차를 향해 잘 넘어가느냐. 아니면, 인생의 항로를 한 번쯤
바꿔주느냐. 결단과 선택의 시기가 찾아온 거라고 할 수 있어요.
현재 하는 일에 열정이 돋지 않고,
아무리 정신을 차려도 금세 기운이 빠져나가
바람 빠진 고무풍선처럼 되곤 한다니 말이죠.

'초심'으로 돌아간다는 건 불가능한 일이에요.
이미 5년 동안 같은 일을 해온 사람은, 절대 초심으로 돌아갈 수
없어요. '초심'이란 그저, 그런 단어가 있을 뿐인 거죠.
'초심'이란 처음 그 일을 시작했을 때의 마음과 자세를 말하는 건데,
말년 병장이 신병훈련소 훈련병 같은 자세를 가질 수 있을까요?
그런 건 불가능해요.

'초심'은 없고 '종심'이 있을 뿐이죠.
이 일을 끝내고 새로운 일을 시작하면, 그때 비로소
새로운 일에 대한 '초심'이 생기게 되는 거죠.

현재로서의 솔루션은 두 가지가 있다고 봐요. 아니, 세 가지.

하나는, 그냥 지금처럼 지지고 뭉개며 사는 거예요.
누구나 다들 그럭저럭 대충 살아가니까, 걱정할 것 없어요.
인생은 원래 그런 거니까. 크흐~.
두번째 방법은, 무슨 수를 써서라도 열흘 또는 보름간의 휴가를
내는 거예요. 무급휴가라도 좋아요.
"저 없는 동안, 제 월급의 절반으로 임시 아르바이트를 쓰세요~"
라고 간곡하게 부탁드려보세요. 회사에서 허락하지 않으면,
그냥 열흘 동안 못 나온다 말하고 무단결근이라도 하세요.
내가 열흘 동안 회사를 비운다고 해서 회사가 망한다면,
그런 회사는 빨리 망할수록 좋은 회사라고 봐요.

아무튼, 열흘 이상의 휴가를 투쟁하듯 얻어내어 무엇을 하느냐?
여행을 가는 거죠. 럭셔리한 휴양여행 말고,
조금은 고생스러운 여행을 가길 권해요. 혼자서 떠나는 배낭여행.
히말라야 트레킹이라든지, 인도 바라나시에 가서 일주일쯤
머물다가 오기, 또는 산티아고 순례길 1/2 코스,
또는 라오스 루앙프라방으로의 방랑여행.
그런 여행을 다녀오세요. 단언컨대, 새로운 활력이 생길 거예요.

비록 돈은 좀 없어지겠지만, 대신에 활력이 생기는 거죠.
그 활력과 추진력으로 다시 7년 차를 향해 달려가는 거예요.

세번째 방법은,
만약에 열흘 동안 무단결근을 했다고 회사에서 잘린다면
회사에서는 당신을 꼭 필요한 존재로 생각하지 않았다는 소리니까,
그런 회사는 관두는 게 나아요. 계속 다녀봤자 비전이 없어요.
아무튼, 그런 식으로 회사를 그만두거나 또는 스스로 사표를 내서
그만두고 새로운 일을 찾는 거예요.
모험이죠.
하지만, 진정으로 '초심'이 그립고 그 시절로 돌아가고 싶다면
모험을 해보세요. 머물던 둥지를 떠나 새로운 세상을 향해 날개를
펼치는 거죠.

물론, 두려운 일이에요. 이렇게 편하고 안정적인 보금자리를 떠나
앞이 잘 보이지도 않는, 세찬 바람이 부는 세상 속으로 뛰어들다니!
하지만 지금처럼 턱을 괴고 앉아만 있다가는 인생 전반이
무기력해질 수 있어요. 자신이 하는 일에 시무룩해진다는 건,
인생 자체가 시무룩해진다는 징조거든요.

그러니까, 일단 열흘간의 휴가와 배낭여행을 반드시 쟁취하길
간절히 바랍니다. 그래야 새로운 세상이 열릴 거예요.
새로운 활력과 에너지가 우리를 구원하리라!

모든 사람이 부럽기만 해요.

이 사람은 이래서 부럽고, 저 사람은 저래서 부럽고.
온통 부러운 일투성이에요.

누군가가 부럽다는 건, 걱정할 일이 아니라 좋은 일이라고 봐요.
그건 다시 말하면, 굉장히 의욕적이라는 뜻도 되거든요.

누가 유럽 배낭여행을 간다—부럽다. 나도 가고 싶다.
누가 멋진 연애를 한다—부럽다. 나도 멋진 연애를 하고 싶다.
누가 목표를 이뤄냈다—부럽다. 나도 목표를 이뤄야지! 불끈!

누가 유럽 배낭여행을 간다—돈지랄하네. 피곤하게 뭐하러 가냐?
누가 멋진 연애를 한다—백날을 하면 뭐하냐? 어차피 식을 사랑.
누가 목표를 이뤄냈다—넌 그렇게 악착같이 살고 싶니? 딱하다.

어떤 사람이 더 좋아 보이세요?

부러움이란 곧 의욕이고, 의욕이 그 사람의 내일을 만들지요.
'부러움'을 불타는 의욕으로 승화시켜서,
'이루고 싶은 꿈'들을 이뤄내시기 바랍니다.
부러우면 지는 게 아니라, 부러워해야 이길 수 있는 거지요.

어떻게 해야 센스 있는 사람이 될 수 있나요?

'센스'가 뭘까요?
센스 충만한 사람이 갖춰야 할 덕목 같은 게 있을까요?

센스란, 영어로 Sense 라고 표기되는 단어로
우리말로는 '감각'이라는 뜻을 가지고 있죠.
그리고 Sense 라는 영어단어 속에는,
〈분별력, 판단력, 사려, 지각, 상식, 이해력, 감상력〉 등등의 의미도
포함되어 있다고 하는군요.

'감각'이야, 우리가 태어날 때부터 누구나 기본적으로
가지고 태어나는 거라고 보면 될 거예요.
뜨거운 걸 뜨겁다고 느끼고, 차가운 걸 차갑다고 느끼는 게
감각이니까. 그건 누구나 다들 가지고 있는 거잖아요.

그런데 〈분별력, 판단력, 사려, 지각, 상식, 이해력, 감상력〉이 포함된
의미라면 그건, 선천적으로 가지고 태어나는 능력이라기보다는
후천적인 노력으로 계발되는 능력이라고 봐야 할 것 같아요.

〈분별력, 판단력, 사려, 지각, 상식, 이해력, 감상력〉과 같은 능력을
갖추려면 어떻게 해야 할까요? 그런 모든 능력은 우리가 수많은
경험을 통해 얻게 되는 거라고 믿어요.

빨간색은 어떤 색들과 조화롭게 잘 어울리는지,
그 어울림에 따라 어떤 느낌을 우리에게 주는지,
무엇이 옳고 무엇이 그른지,
어쩌다가 한 나쁜 짓을 들켰을 때는 어떻게 하는 것이 좋은지,
4천7백 원짜리 물건을 사기 위해 5천 원을 냈을 때는
얼마를 거슬러 받아야 하는지, 푸에르토리코의 수도가 어디인지,
탄소동화작용이란 무엇인지, 아무런 이유도 없이 한 선배가 나를
미워하는데 도대체 왜 그러는 것인지,
베토벤의 〈운명〉 교향곡과 빅뱅의 〈거짓말〉 사이에는 어떤 공통점이
있는 건지 등등 그런 것들에 대해서
제대로 잘 인지하고 대응하는 것이 필요하다는 얘긴데,
그런 경험을 내 안에 쌓기 위해서는 실로 많은 경험을
해봐야 하지 않을까요?

다양한 친구들을 많이 사귀고, 책도 많이 읽고,
영화도 많이 보고, 음악도 많이 듣고, 뉴스도 관심 있게 챙겨 보고,
드라마도 많이 보고, 여행도 많이 다니고, 요리도 직접 많이 해보고,
연애도 부지런히 해보고,
그랬을 때 비로소 '센스'라는 걸 갖게 되는 게 아닐까요?

'깨어 있는 시각'을 가지고 열심히 살아가다 보면
'센스'란 저절로 얻게 되는 거라고 저는 믿고 있답니다.
'센스'를 슈퍼마켓에 가서 살 수는 없는 일 아니겠어요? 하하.

나 자신에게 실망감이나 죄책감이 들 때는 어떻게 해야 할까요?

자신에게 실망감이나 죄책감이 들었을 때는
왜 자신에게 실망하게 되었는지, 왜 죄책감을 느끼게 되었는지,
그 원인을 분석해보는 것이 필요하다고 봐요.
그리고 다음부터는, 그와 같은 일을 반복하지 않으려고
노력하는 게 중요하겠죠.
실망감 같은 경우, 실수로 인해 느낄 때가 많으리라고 봐요.
어이없는 실수.
그렇지만, 실수는 훈련을 통해 줄여나갈 수 있어요.
어떤 일이든 그 일을 할 때
보다 더 집중해서 하면 실수가 줄어들 테니까 말이죠.

문제는 죄책감이 느껴지는 경우인데
이때는, 뼈저리게 반성하는 것이 필요할 거예요.
통한의 눈물을 흘리며, 자신의 잘못을 뉘우치는 시간이
필요하다는 얘기지요.
어떤 일에 대해 죄책감이 느껴지는데도 불구하고 적당히 무마하고,
합리화해버리고 나면, 다음에도 또다시 그와 같은 잘못을
저지르게 될 확률이 높아지거든요.

눈물을 흘리며 깊이 반성하고 난 후에
스스로 자신을 용서할 수 있을 때,
비로소 그 죄책감에서 벗어날 수 있는 거라고 봐요.
물론, 나의 행동으로 인해 피해를 당한 사람이 있는 경우라면
상대에게도 용서를 구해야겠지요.

'죄책감'에서는 가능한 한 빨리 벗어나는 게,
'내일'을 살아가는 데에 도움이 되리라고 봐요.
어떤 잘못을 저질렀는가, 하는 문제보다 더 중요한 것이
그 잘못에 대해 얼마나 깊이 반성하고, 그 잘못으로 인해 발생한
빚을 탕감하기 위해 얼마나 노력했느냐는 거죠.

그런 과정을 통해, 그 '죄책감'이 씻겨나가는 거라고 생각해요.

그런데 · · ·

사랑하지 않고 살면
더 행복할까?

마약을 복용하는 것은 불법입니다~

인간은 태어날 때부터 외롭고,

살아가는 동안에도 외롭고, 죽을 때마저 외롭습니다.

우린 그 고통에서 벗어나기 위해

사랑이란 이름의 마약을 복용하기 시작합니다.

사랑이 먼저인가요, 외로움이 먼저인가요?

모든 인간 행동의 근본은 외로움이라는 생각이 요즘 자꾸 드는데,
맞는 걸까요?

모든 생명체는 외로움을 안고 태어나는 거라고
저는 생각합니다.
갓 태어난 생명체는 어미의 보살핌이 없으면 죽게 됩니다.
누군가의 보살핌이 없으면 죽게 된다는 건,
굉장히 외로운 느낌이지요.

우리는 성장해나가면서,
〈나〉라는 존재감을 느끼고 인식하기 시작하는데,
〈나〉라는 존재 자체가 〈너〉 없이는 존재할 수 없는
상대적이고도 의존적인 존재라는 걸 깨닫게 됩니다.
〈너〉가 없으면 나는 〈나〉가 아닌, 그런 존재라는 사실을 알게 되는
거지요.
이렇게 태생적이고 구조적 문제 때문에
인간은 누구나 기본적으로 외로운 존재라고 생각합니다.

게다가 모든 인간은,
양손에 아무것도 쥐지 못한 채 '혼자서' 세상을 떠나게 됩니다.
아무리 '동반자살'을 한다고 할지라도

모든 인간은 결국 '혼자서' 세상을 떠납니다.
그러니 인간은 태어날 때부터 외롭고, 살아가는 동안에도 외롭고,
죽을 때마저 외롭습니다.

인간이란 존재는 원래부터가 '외로움 덩어리'라고 할 수 있지요.

그렇게 평생을 외롭게 살아가자니, 인생이 너무 고통스럽습니다.
그래서 우리는 그 고통에서 벗어나기 위해 〈사랑〉이라는 이름의
마약을 복용하기 시작합니다.
그러나 그 마약의 효력이 떨어지거나, 마약 공급이 끊어지면…
그전보다 훨씬 더 깊은 외로움에 허덕이게 되는 거지요.

그리하여 우리는 그 외로움을 잊기 위해…
또다시 새로운 마약을 찾아 나서게 되는 겁니다.
외로워서 사랑에 빠지고, 사랑이 깨져서 다시 외로워지고,
외로워져서 다시 사랑에 빠지는
끝없이 돌고 도는 외로움과 사랑의 〈뫼비우스 띠〉….

그러니, 사랑이 먼저인지 외로움이 먼저인지 규명할 수 없는 거라고
봐요. 그 둘은 서로 맞물려 있는 거니까 말이죠.

원수를 사랑하는 게 정말 가능한가요?

고해성사 때 신부님께도 여쭤봤지만, 속 시원한 대답을 듣지 못했어요.
정말… 원수를 사랑할 수 있을까요?

헉! 신부님께서도 속 시원하게 대답하지 못한 질문을 저에게
던지시다니. 당신은 정녕, 저와 '원수지간'이 되고 싶은 건가요?
'원수를 사랑하는' 최고의 경지는, 예수님처럼 진리를 깨우친
분들이나 실행에 옮길 수 있는 일이라고 생각해요.

저는 예수님의 경지에 도달할 수 없다는 것을
너무나 잘 알고 있기 때문에 일종의 편법을 쓰기로 했어요.
'장대높이뛰기'에도 분명한 한계가 있듯이,
제가 넘을 수 없는 그런 벽이 있다는 걸 알고 있기 때문이죠.

예수님은 저희에게 '원수조차도 사랑하라'고 말씀하셨지만,
저는 그대로 실천할 수가 없네요.
몸과 마음이 도저히 그 경지까지 따라갈 수가 없는 걸 어쩌겠어요?

그래서 저는 그 대신에… 이런 방법을 쓰고 있어요.
어떻게 해서든 〈원수를 만들지 않는다〉는 거예요.
내가 살아 있는 동안, '나의 원수'를 만들지 않겠다는 거지요.
만일 나에게 원수가 생긴다면, 나는 그 사람을 원망하고

저주할 게 뻔하니까. 그리고 원망하고 저주하는 것은,
그 사람을 사랑하는 게 아니니까.
원수가 없다면, '원수를 사랑하지 않기 때문에' 받게 될 죄책감에
시달리지 않아도 될 테니까.
원수가 없다면, 그 누군가를 죽도록 미워하고 저주하지
않아도 될 테니까. 아예 원수를 만들지 않겠다는 거예요.
설사 그 상대가 나에게 깊은 상처와 해악을 끼쳤다 할지라도…
나는 그를 원수로 생각하지 않겠다는 거지요.

아무튼, 전 아직까지는 '원수'를 만들어본 적이 없어요.
그러니까, 일생을 통틀어 이처럼 난처하고 어려운 질문을 던져
저에게 원수로 각인될 수도 있는 분이었지만…
저는 당신을 저의 원수로 삼지 않을 거예요. 후후.

아, 그리고 저에게 또 한 가지 묘책이 있는데…
만약에 아주 만약에, 저에게 어쩔 수 없이 원수가 생긴다면…
저는 그 '원수'가 저를 사랑하게 만들 거예요.
제가 먼저 그 원수를 사랑할 수는 없겠지만,
그 원수가 먼저 저를 사랑하게 된다면
저도 그를 사랑할 수 있을 것 같아요.
그럼, 결국엔 제가 '원수를 사랑하게' 되는 거잖아요. 히히히.

꼭 그렇게 만들 거예요.
그러면 되는 거잖아요. 그렇죠?

3000일이나 만났는데,
결혼하자는 말이 없어요.

3000일이라면,
상당히 긴 세월 동안 만남을 유지해오고 있는 거네요.
8년이나 장기연애를 해왔다는 이야기인데, 대단하군요.

결혼이란 그런 것 같아요.
두 사람 모두 결혼하고 싶어해야 가능한 거로 생각해요.

두 사람 모두 산꼭대기로 올라가기를 원해야 등산이 가능하다는
이야기지요. 한 사람은 올라가고 싶어하고 다른 사람은
개울가에서 물장구나 치고 싶어하는 상황이라면,
산꼭대기까지 올라갈 수 없지 않을까요?

오랫동안 연애를 지속해왔다고 해서,
그것이 곧 결혼으로 이어지는 건 아니라고 봐요.
물론 오랜 연애 끝에 결혼에 골인하는 커플들도 있지만,
〈연애는 연애고, 결혼은 결혼이다〉라고 분리하여 생각하는
사람들도 있거든요.

그러니까 '연애가 지속되면, 그것은 곧 결혼으로 가는 길이다'라는
맹목적인 믿음은 버리는 것이 좋다고 생각해요.
연애의 과정도 없이 만난 지 일주일 만에도 할 수 있는 게,
그런 게 결혼이거든요.
연애란 어쩔 수 없이 끌려들어가고 빨려들어가는
필연의 관계이지만, 결혼이란 필요에 의해 결정되는 거니까요.

다시 말해 〈결혼이라는 시스템이 필요하다〉는 생각이 들면,
내가 세상을 살아가는 데에 이 시스템이 필요하다는 생각이 들면,
결혼을 원하게 되고 결혼을 선택한다는 이야기이지요.

이야기가 좀 건조하지요?
연애는 '낭만'이지만, 결혼은 '현실'이라서 그래요.

눈부신 연애 끝에 자연스레 결혼식을 올리는 커플들도 있지만,
그렇게 결혼한 부부가 6개월 만에 헤어지는 경우도
본 적이 있답니다.
결혼식을 올리고 나서 신혼여행을 가서는,
서로 다른 비행기를 타고 돌아오는 커플들도 더러 있다는
이야기를 전해 듣곤 합니다.
결혼식을 바로 코앞에 두고 파혼하는 일도 드물지 않고요.

그토록 사랑하던 사람들이 결혼을 했는데,
어떻게 6개월 만에 헤어질 수 있는 걸까요?

연애는 같이 사는 게 아니지만
결혼은 같이 사는 거라서 그런 것 같아요.
연애는 '몽환적'인 거지만, 결혼은 극도로 '현실적'이라서
그런 거라는 생각이 들어요.
그러니, 결혼에 대한 현실감각을 익히는 게 중요해지죠.

결혼이란, 연애의 결론이 아니라
삶의 방식을 선택하는 문제라고 봐야 해요.
저는 이 문제를 어릴 때부터 아이들에게 가르쳐야 한다고 생각해요.
부모님이 자식들에게 가르치기는 어려울 테니,
학교에서 가르치는 게 좋겠죠.

아무튼, 결혼은 그 '필요성'에 대해 두 사람의 생각이 일치해야
성사되는 것이므로 당신이 그분과 결혼하기를 원한다면
그분에게 '당신도 결혼을 원하느냐?'고 물어보기를 바랍니다.

결혼이란, 두 사람이 합심하여 '어떤 시스템',
'어떤 현실' 속으로 함께 들어가는 것을 의미하므로
두 사람이 그에 대한 인식을 같이하고, 그곳을 향해 발을
내디딜 때에 비로소 이루어지는 것이라고 말씀드리고 싶네요.

〈사족〉
결혼을 간절히 원하는 쪽에서 강력한 드라이브를 걸어
상대방을 자빠뜨린 후 머리채를 끌고 가는 원시적인 방법도,

결혼으로 가는 합리적인 방법이 될 수도 있음을
또한 알려드립니다.

할까? 말까? 하는 게 좋을까? 안 하는 게 좋을까?
이런 식으로 맨날 머리만 굴리고 있어서는
어느 세월에 결혼을 하게 될는지, 도저히 알 수 없답니다.
결혼을 원하고, 결혼이 필요하다고 생각한다면
강력하게 몰아붙이기 바랍니다.

결혼은, 선택입니다.

소개팅은 왜 하는 족족 실패일까요?

원래 소개팅이란, 하는 족족 실패하게 마련인 거예요.
마치 로또처럼 말이지요.
상대에 대한 매우 기초적인 정보만을 가지고
어떤 사람과 일대일로 만나서, 연인으로 발전한다는 게
가당키나 한 일이겠어요?
상대에게 아무런 '콩깍지'도 씌워지지 않은 상태에서
누군가를 만나는 건데, 어떻게 그 사람에게 퐁당 빠질 수가
있겠느냐는 거죠.

소개팅이라는 건 일단 '탐색'이라는 레이더가 작동되는 상황에서
두 사람이 대화를 나누게 되는 거잖아요.
그러니 서로 머리를 굴리며, 상대방을 쿡쿡 찔러보게 되는 거죠.
그러다 보니 마치 한 인간에 대한 평가를 내리는 평가위원단의
눈으로 서로를 바라볼 수밖에 없겠죠.

'음… 외모는 B−, 유머감각은 C, 집안환경은 B+, 자립심 D'
이런 식으로 서로 평가를 하게 되는 거예요.
그러니 어떻게 좋은 결과가 나오겠어요?

'그저 그러네 뭐'이거나 '뭐 이런 애를 소개했냐?'라는
소리가 나오게 되어 있다는 거죠.

그리고 아주 만약에, 상대방이 완전 A+에 판타스틱한
킹카였다고 하더라도, 그 사람 역시 나를 완전 A+에 판타스틱한
퀸카로 받아들일까요? 정말?

연애란 기본적으로
누군가에게 눈이 멀어 무턱대고 뛰어드는 것.
저는 그런 것이 사랑이라고 생각하는 까닭에
소개팅으로는 '운명의 연인'을 만날 수 없다고 확신한답니다.

물론 가뭄에 콩 나듯, 만 번에 한 번
커플이 탄생할 수도 있겠죠.
그러나 그 가능성에 기대기에는 확률이 너무 낮잖아요.

그러니까 제 생각엔, '소개팅'을 통해 연애를 해보겠다는 생각은
아예 접는 것이 좋으리라고 봐요.
그냥 뭐, 하룻저녁 심심풀이로 나간다면야 또 모르겠지만요.

왜 헤어진 사람의 블로그를
매일같이 확인하는 걸까요?

그건 아마도 아직 '그 사람'에게 관심이 남아 있기 때문이겠죠.
'그 사람'이 어떻게 살아가고 있는지가 궁금한 거예요.
나랑 헤어진 후에도 잘 살고 있는지, 아니면 나랑 헤어진 후에
울상을 지으며 고통스러운 삶을 살아가고 있는지.
그런 것들이 궁금해져서 자꾸 기웃거리게 되는 거죠.

그런데 그건 결국 '나 자신'에 대한 관심이라고 볼 수 있어요.
나와 관계가 있었던 사람에 대한 관심이니까,
결국은 나에 대한 관심이라고도 할 수 있죠.

문제는, 그 사람의 블로그를 들여다보며
흐뭇한 기분이 든다면야 자주 들여다봐도 상관없겠으나,
볼 때마다 심란한 마음이 들거나 불쾌해진다면
굳이 집요하게 들여다볼 필요는 없다고 생각해요.

나와의 관계가 끝나버린 사람에게 관심을 쏟는다는 것 자체가
아까운 시간과 에너지를 소모하는 일이 아닐까요?

관계가 끝난 사람에게는 관심 쏟는 일도 끝내는 게 좋아요.
훌훌 털어버리고
새로운 인연, 새로운 시간을 향해 날아가시기를
바라옵고 또 바랍니다.

남자친구와의 여행,
무사히 다녀오려면 어떻게 해야 하나요?

만난 지 얼마 안 되는 남자친구와 예쁜 펜션으로 여름휴가를 갑니다. 둘 다 적은 나이는 아니지만,
너무 빠른 것 같아서요. 음… 제 몸을 지킬 수 있는 방법을 알려주세요.

몸을 지키고 싶다면서 남자친구와 예쁜 펜션으로 단둘이 여행을
갈 계획이라니… 오오오, 그것은 마치 화약을 안고 불구덩이로
뛰어드는 일과 같습니다.

남자친구와 단둘이 펜션으로 여행을 가면서
아무 일도 일어나지 않기를 바라고 원한다는 건,
'이번 여행은 내 남자친구를 고문하러 가는 여행이야!'라고
해석하더라도 전혀 무리가 없겠는걸요?

이 세상의 모든 남자는 숙명적으로
자신이 사랑하는 여자친구를 품에 안고 싶어합니다.
그런데, 아무리 몸과 마음이 달아올라도 평소에 그런 시도를
쉽게 못 하는 것은 남들의 이목이 신경 쓰이고, 또 여자친구가
어떻게 생각할지 걱정되기 때문이랍니다.

그런데, 와우! '예쁜 펜션'이라니?!
아마도 남자친구 분은 요즘 밤잠을 설치고 있을 것이 분명합니다.
그야말로 둘만의 '불타는 여름밤'을 상상하면서 말이죠.

자, 그런데 당신은 '내 몸을 지켜야 한다'고 말하고 있습니다.
흠, 아마도 남자친구는 '네 몸은 내가 품어야 한다'고 생각하고 있을
것입니다(이런 생각을 하고 있지 않다면, 그는 남자도 아닙니다).
잠깐, 그런데 불 보듯 뻔한 이런 질문을 왜 하신 거죠?
혹시 염장성 질문인가요?

아무튼, 장성한 청춘남녀가 단둘이 '예쁜 펜션'에서 밤을 지내게
되었는데 밤새 아무런 일도 생기지 않는다면 그것은 차라리
비극이라고 말하고 싶군요.

어쨌든 상황이 그런데도 불구하고 '예쁜 펜션'에는 남자친구와 꼭
함께 가고 싶고 '내 몸은 지키고' 싶다면,
좀 고전적인 방법이긴 하지만 품에 은장도를 품고 가세요.
당신이 예상하고 있는 수준 이상의 애정공세가 퍼부어질 경우

서슬이 퍼런 은장도를 빼 드는 것이죠.

그렇게 하면, 아마도 몸은 문제없이 지킬 수 있으리라고 봐요.

너무 과격한 방법이라서 마음에 들지 않는다면

또 다른 방법을 한 가지 알려드리지요.

남자친구의 얼굴이 점점 나의 얼굴로 가까이 다가오거나,

그의 손길이 나의 몸을 탐험하려고 애쓰는 상황이 벌어질 경우

느닷없이 크게 소리 내어 웃으세요.

하하하하 호호호호 깔깔깔깔! '예쁜 펜션'이 떠나가라 웃어대는

거예요.

그러면 그가 '왜 그러는데?' 하며 당신의 몸에서 떨어질 거예요.

그다음엔 다시 아무 일도 없었다는 듯이 함초롬한 자세로 돌아오면

되는 거죠.

그가 도무지 참지를 못하고 다시 돌진해오면,

또다시 까르르르~ 하하하하 호호호호 깔깔깔깔 큭큭큭큭!

남자들은 절대로,

웃어대는 여자와 로맨틱한 키스를 할 수가 없답니다.

미친 듯이 웃어대는 여자의 몸을 탐할 수가 없답니다.

(보통의 남자라면, 중요한 순간에 킬킬거리며 웃어대는 여자를 품을

수 없습니다. 단, 예외의 남자라면 어떻게 해서라도 자신의 목적을

이루려고 할 수 있음을 꼭 기억해둬야 합니다. 이 세상에는 보통의

남자만 있는 것이 아니기 때문이죠.)

또 한 가지 기억해둬야 할 점.
위의 방법을 구사할 경우, 남자친구와 헤어지게 될 확률이 매우
높아지므로 이별을 불사하겠다는 경우에만 활용하기 바랍니다.
저 방법은 남자친구에게 깊은 상처를 주기 때문입니다.

만약에 진정으로 '몸을 지키는' 여행을 하고 싶다면
산장에서 합숙을 하는 '지리산 종주여행'을 택하거나,
밤 12시에 기차를 타고 떠나는 '무박 2일' 여행을 택하길 권합니다.
단둘이 떠나는 '예쁜 펜션'으로의 여행은, 몸을 지키기엔
너무 힘들고 부담이 큰 여행이 아닐 수 없습니다.

다시 한번 잘 생각해서, 신중한 선택을 하시기 바랍니다.
(부디, 남자친구가 이 책을 보지 않기를 빕니다. 만약에 이 글을 읽게
된다면, 얼마나 저를 미워할까요.)

그가 싫었다가 좋아지기를 반복해요.
계속 좋거나 싫으면 마음 편할 텐데.

그건 마치 밤이 됐다가 낮이 됐다가, 하는 것과 비슷한 거라고 봐요.
밤만 계속되거나 낮만 계속되는 세상이라면 우리가 적응하기
좀 힘들지 않을까요?
때론 즐겁고, 때론 슬프고 그런 게 인생의 묘미이지요.

연애도 그와 같아서 초창기의 물불 안 가리고 '무조건 타오르는'
100일간의 불꽃 시기가 지나고 나면, 그때부터는
이제 '예뻤다가 미웠다가'의 주기가 반복되기 시작하죠.
밤이 됐다가 낮이 되고, 낮이 됐다가 또 밤이 되고.
그게 아주 자연스러운 흐름이니까.
그 흐름에 잘 적응하는 것만이 우리가 할 수 있는 일이죠.

예쁠 때는 온 힘을 다해 예뻐해주고,
미울 때는 또 미운 대로 죽어라고 미워해주며
그렇게 아웅다웅하면서 살아가는 것이 인생이라고 생각하거든요.

밤이 되었다가
낮이 되는 것처럼
때로 즐겁고 때로 슬픈 게
인생의 맛.

왜 여자들이나 기준 이하의 남자들만
저를 좋아하는 걸까요?

여자인데도 불구하고 여자들이 당신을 좋아한다는 건
빼어난 미모의 여성이거나(여자들이 예쁜 여자들 좋아한다는
거 아시죠?) 또는, 성품이 아주 좋은 분일 확률이 높은 것으로
보이는군요.

그런데 또 다른 문제는 '기준 이하'의 남자들이 좋아한다는 건데,
이건 아주 심각하다고 봐요.
그 이유는 아마도 당신이 너무나 착한 외모를 지닌 까닭인 것
같군요. 왜냐하면, '기준 이하'의 남자들은 어디 가서 여자들한테
말 걸어볼 기회가 자주 주어지지 않기 때문에,
'착해 보이는 여자'들에게 넌지시 대시 아닌 대시를 하는 경우가
잦다고 하더군요.

만약에 '기준 이하'의 남자들이 치근덕거리는 것이
마음에 들지 않는다면 본인의 착한 이미지에서 과감히 탈피하기를
바랍니다. 표독한 눈빛, 싸늘한 말투 같은 것들을 거울 앞에서
연습하세요. 그런 여성에겐 '기준 이하'의 남자들이 절대로
범접하지 못한답니다.

그리고 또 한 가지 반드시 짚어보아야 할 문제는
당신이 남자들을 평가하는 '기준'인데 말이죠.
그 기준이 어느 수준이냐에 따라, 이 질문에 대한 답변도 달라질
수밖에 없으리라는 생각이 들기도 하네요.
만약에 그 기준이 턱없이 높은 거라면, 다시 한번 총체적인 점검에
들어가보는 것이 좋겠다는 생각이 드는군요.

남자들을 평가할 때 사용하는 '기준'이라는 게 사람마다
천차만별이므로, 그 기준이 과연 상식적으로 설득력이 있는
기준인가에 대해 검증이 필요하다고 봐요.

예를 들어 그 기준이 '외모는 조인성 수준, 경제력은
월 500만원 이상, 그리고 심성은 부드럽고 자상한 남자'라면…
혹시 기준 자체가 좀 높게 설정된 건 아닐까요?

그런데 당신의 기준이 '매우 상식적이고 일반적'이라면
맨 처음 제가 설명해드린 이유 때문일 확률이 매우 높다고
할 수 있겠습니다.

오래된 연인이 떠났습니다.

그와의 것들을 정리하려고 하니, 제 인생을 정리해야 할 지경입니다.
어떻게 해야 할까요?

떠나버린 연인을 그리워하며 잊지 못하는 것만큼
힘들고 괴로운 일은 없을 거예요.
주변이 온통 그와 관련된 것들 투성이일 땐 더더욱 그렇지요.

아무리 힘들고 괴로워도 떠난 것은 잊어야 해요.
그래야 앞으로의 인생을 살아갈 수가 있거든요.
'그와의 것들을 정리하자니, 내 인생을 정리해야 할 지경'이라고
하셨는데,
그렇게 하세요.
우선 그가 선물한 것들과 그를 떠올리게 하는 모든 물건을 챙겨서
커다란 박스에 담으세요. 박스가 세 개든, 네 개든, 다섯 개든,
모두 긁어모아 박스에 쓸어담는 거예요.
그리고 그 박스들을 포장용 테이프로 단단히 봉한 후
다용도실이나 다락방 같은 데에 차곡차곡 쌓아두세요.
(이 물건들은 1년쯤 시간이 지난 후 분류하여 재활용센터에
보내거나, 또는 소각하기를 권장합니다.)

이제부터는 컴퓨터에 들어 있는 그와 관련된 모든 자료를

하나의 폴더에 담은 다음 그 폴더를 휴지통에 넣으세요.
그리고 '휴지통 비우기'를 눌러요. (안녕)
이제, 핸드폰에 남아 있는 그와 관련된 모든 번호를 삭제하세요.
(안녕)

그다음엔 미용실에 가서 현재의 헤어스타일을 버리고 과감하게
변신을 시도하세요.
헤어스타일을 바꾼 후에는 조용히
"나는 이제 새롭게 태어났다. 나는 예전의 내가 아니다"라고
세 번만 아주 천천히 소리 내어 말해주세요.

새로운 취미를 찾고 새로운 친구들을 만나세요.
그리고 가능한 한 빨리 새로운 애인을 만들도록 하세요.
지나간 날들은 깨끗하게 잊어버리고 새로운 인생을 시작하세요.
가능하다면 혼자서 배낭여행을 다녀오길 권합니다.
보름이나 한 달 정도의 코스라면 좋을 것 같아요.

지난날의 기억들에 묶여, 오늘을 소중하게 만들지 못하는 건
어리석은 일이라고 생각해요.
지난 일과 연결된 모든 끈을 잘라버리고 새롭게 시작하세요.

그리고 다시 하늘 높이 날아올라,
눈부시게 빛나는 새로운 날들을 향해 날아가세요!

그런데···

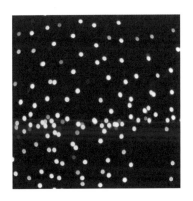

가장 최근에 가슴이
두근거린 적이
언제였나요?

6

결국엔 또, 사랑이답

그러나, 그럼에도 불구하고…

우리는 '너'가 없이는 온전히 '나'가 될 수 없습니다.

네가 있음으로 하여 나는 '나'가 될 수 있고,

내가 있음으로 하여 너는 '너'가 될 수 있습니다.

사랑하고 싶은데,
만남의 기회가 생기면 피하게 됩니다.

많이 외롭고, 누군가를 만나고 싶은데
막상 만날 기회가 생기면 외면하고 피하게 돼버려요.

그 이유는 아마도…
솥뚜껑 보고 놀란 가슴, 자라 보고도 놀란다는 옛 어른들의 말씀에
영향을 받은 탓이라고 생각됩니다.
(아, '자라 보고 놀란 가슴, 솥뚜껑 보고 놀란다'일 수도. 하하.)
한번 된통 누군가에게 다치고 나면,
한번 어떤 절절한 사랑으로 인해 심장이 갈가리 찢기고 나면,
그 후로는 누구의 얼굴도 똑바로 쳐다볼 수 없게 되는 것이 우리의
습성이지요.

그럼에도 불구하고…
우리는 '너' 없이는 온전히 '나'가 될 수 없습니다.
마찬가지로 '나' 없이는 '너'가 될 수 없지요.

네가 있으므로, 나는 '나'가 될 수 있고
내가 있으므로, 너는 '너'가 될 수 있습니다.

그러니, 목숨이 다하는 그 날까지
'너'를 만나고, 이야기를 나누고, 품에 안기 바랍니다.

'너' 없이 '나'가 존재할 수 없다는 것이
우리가 '너'를 품에 안아야 하는 이유가 됩니다.
아무리 '너'가 '나'를 아프게 만든다 할지라도,
우리는 끝끝내 '너'를 가슴에 안아야 합니다.
'너'를 통해서만이, '나'가 될 수 있기 때문입니다.

'너'로 인해 내가 살고, '나'로 인해 네가 사는 거예요.
'너'가 따로 있고, '나'가 따로 있으면
우리는 이 세상을 살아갈 수 없어요.

'나'를 사랑하는 만큼 '너'를 사랑해주세요.
'나'를 열고 너에게 다가갈 때, 비로소 '너'가 열리고
너를 '너'라고 인정할 때, 비로소 나는 '나'가 되는 거거든요.
그러니 부디
두 눈을 딱 감고 '너'에게 다가가기를 바랍니다.

'너'를 통해 비로소 내가 '나'로서 꽃피우게 된다는 걸, 알아주세요.
'너' 없는 세상은 아무도 없는 세상이라는 걸, 기억해주세요.
용기를 내어 '너'에게 악수를 건네주세요.

이 세상 모든 사람을 '너'라고 생각해주세요.
이 세상 모든 사람을 '나'라고 생각해주세요.

존재감 있는 사람이 되고 싶어요.

'존재감 있는 사람'이 되려면
일단 '존재감 없는 사람'이 아닌 사람이 되어야 한다는 얘기잖아요.
그렇다면 우선 어떤 사람이 '존재감 없는 사람'인지 알아볼까요?

1. 굉장히 조용한 사람들, 움직임이 거의 없다시피 해서
나타났는지 사라졌는지도 도무지 파악하기 어려운 사람들.
2. 남들 앞에 나서는 것을 싫어하고, 남들 앞에서 말하는 걸
싫어하며, 남들 눈에 띄는 걸 싫어하는 사람들.
3. 어딘지 모르게 위축되어 있고, 자신감이 없어 보이는 사람들.
4. 지극히 평범하게, 물 흐르듯이 살아가겠다고 결심한 사람들.

제 생각에, 위의 네 가지 유형에서만 탈피한다면
누구나 '존재감 있는 사람'이 될 수 있다고 생각합니다.

그리고 '존재감 있는 사람'이 되는 데에 가장 좋은 방법은
뜨거운 사랑에 빠지는 거라고 저는 믿고 있습니다.
왜냐하면, 사랑에 빠진 사람들에게서는 빛이 나더라구요.
그러니까 한마디로 '빛나는 존재'가 되는 것이지요.

'존재감 있는 사람'이 되고 싶다면,
연애에 집중하고, 열심히 사랑하기를 권합니다.

그러나 만약 연애에 별다른 관심이 없다면
이웃들을 위해 헌신하고 봉사하는 삶을 살기를 권합니다.
그런 분들에게서도 눈부시게 후광이 빛나더라구요.

그러고 보니 나 자신의 존재감은
어떤 형태로든 누군가를 사랑하는 것으로부터 시작된다는
생각에 이르네요.

존재감을 느끼고 싶다면, '사랑'을 권합니다.

이 녀석이 지구에 온 목적이 무엇일까요?

연년생인 여동생이 있습니다. 언니 대우해주는 건 바라지도 않습니다.
어쩜 그렇게 제가 싫어하는 짓만 골라서 하는지, 참 얄밉습니다.

제가 보기에 동생분이 지구에 온 이유는
순전히 언니를 괴롭히고 약 올리기 위해서인 걸로 보입니다.
저는 한 살 차이인 동생이 없어서
그 관계와 심리의 변화와 흐름에 대해 잘 알지 못하지만,
둘의 관계는 위아래 서열을 분명히 하기도 애매하고
그렇다고 해서 친구 사이도 아니고… 이런 경우
동생이 언니에게 대들고 기어오를 것이 뻔하다고 짐작됩니다.
왜냐하면, 동생 입장에서는 '한 살밖에 안 많은 게, 어깨에 힘주고
다스리려 든다'고 언니를 평가할 테니 말이죠.
안 봐도 비디오 영상이 좌악 펼쳐지는군요. 하하.

그러니, 그 동생을 어떻게 예뻐할 수 있을까요?
어쩌다 언니가 예쁜 옷이라도 사오면
동생이 그 다음 날 새벽같이 입고 나가버릴 터이니…
이 원수를 삶아 먹을 수도 없고 말이죠.

때려잡으려 하면 할수록
동생은 언니에게 그만큼 더 대들기 마련입니다.

그러니, 그 건방지고 얄미운 동생을 제압하기란
매우 어려운 일이지요.
아무리 물대포를 쏘고 소화기를 뿌려대도 촛불을 잠재울 수 없는
것과 같은 이치라고 생각하면 될 거예요.

그러니 조금 어려운 일이기는 하지만, 아예 작정하고
동생에게 전폭적인 사랑을 베풀어주는 방법을 택해보는 건
어떨까요? 아주 그냥, 사랑의 융단폭격을!

매사에 그냥, 동생이 하자는 대로 해주고…
매사에 그냥, 동생이 원하는 걸 미리미리 챙겨주고…
매사에 그냥, "너 정말 예쁘다, 예쁘다!" 해주고…
매사에 그냥, 어렵고 힘든 일은 언니가 먼저 알아서 해주고…
매사에 그냥, 동생이 좋아할 만한 선물을 틈틈이 해주고…

물론, 처음 며칠 정도는 동생이 생각하기를
'아니, 애가 미쳤나?' 하고 언니를 의심할 수도 있으나
만약에 '그런 사태'가 한 달쯤 계속해서 이어진다면
그때는 비로소 동생이 언니 앞에 완전히 무릎을 꿇고
'언니… 사랑해!'라며, 절규에 가까운 고백을 하게 되고야
말 것입니다.

그냥, 속는 셈 치고 딱 한 달만 해보시죠?
어때요?

불가능하다고 생각하시나요?

으음… 만약에 불가능한 방법이라고 생각한다면
아무리 얄미워도 마흔 살이 될 때까지만 꾹~ 참으세요.
마흔 살쯤 나이를 먹게 되면, 그때부터는 자매가 급격히
친해지게 된답니다. 그러니까 그때까지 느긋하게… 지금처럼
아웅다웅하며 보내는 것도, 젊은 날의 추억이 될 거예요.

아무튼, 저로서는
단 일주일 만이라도 제가 말한 방법을 써보시길 권하고 싶군요.

그럼, 건투를 빕니다.
만약에 제가 권유한 방법으로 두 분 사이가 좋아진다면
나중에라도 저한테 맥주 한잔 사는 것, 잊지 말구요… 하하하.

모든 일에 열정을 가지려면
어떻게 해야 하나요?

모든 일에 열정을 갖기란, 무척 어려운 일이라고 생각되는군요.
예를 들어 이런 사람을 상상해보기로 해요.

축구를 너무나 좋아하고, 발레라면 사족을 못 쓰는데다가,
아마추어 바둑기사이고, 야생화 관찰협회 회원이자
티베트 문화사랑 동호회의 회원이며,
매일 세 시간 이상씩 증시를 체크하고, 요리에 관심이 많아서
매주 요리학원에 다니고, 남사당놀이 보유자면서,
동시통역사 자격증을 가지고 있는 사람 말이죠.

이런 사람이 있다면, 인생이 얼마나 바쁘고 피곤할까요?
오라는 데도 많고, 갈 데도 많고….

지나치게 다양한 분야에 걸쳐 열정을 가지는 건
그다지 좋은 일이 아니라고 생각해요.

제가 중요하게 생각하는 열정은 대략 세 갈래로 정돈되더군요.

첫째는, 사랑에 대한 열정.
둘째는, 자신이 하는 일에 대한 열정(공부나 직업 등등).
셋째는, 자기 인생의 목표에 대한 열정.

이 정도의 열정만 갖춘다면,
세상을 살아나가는 데에 어떤 어려움도 없으리라 생각해요.

열정을 갖기 위해서는
나의 인생을 사랑하는 자세를 가져야 한다고 봐요.
열정은 자신을 사랑하는 것으로부터 시작된다고 보는 거죠.

위에서 말한 세 가지 열정을 갖추면 그 밖의 나머지 열정들은
덩달아서 저절로 갖춰지게 마련이니까,
우선은 세 가지 열정을 갖추는 데에 전념하시기 바랍니다.

그리고 뜨겁기만 하다고 장땡이 아니니까…
틈틈이 적절한 휴식을 취하는 것도 잊지 말고요.

나를 싫어하는 사람은 어떻게 대처하세요?
무시? 똑같이? 아니면 바보같이 웃으며?

그런 일이 벌어진다면,
우선 그가 나를 왜 싫어하는지 이유를 찾으려들 것 같아요.
그리하여 알아봤더니
제가 생각해봐도 충분히 '싫어할 만한' 이유였다면
그 원인이 된 저의 자세나 행실을 고치려고 노력할 것 같아요.
그러나 만약에 나를 '싫어하는' 이유가 아무런 근거도 없고,
게다가 말도 안 되는 경우라면
오히려 그 사람이 그렇게 생각할 수밖에 없는 이유와 원인에 대해,
꾸준히 지켜보며 문제점을 파악하고 이해한 후
오해를 풀어주고 싶어요.

그러니까, 어떤 정당한 이유와 근거를 가지고 저를 싫어해주기
바란다는 얘기죠. 하하;;
그런데 말이죠, 다들 고만고만한 사람들 사이에서 뭐 그렇게
미워하고, 잘난 척할 게 있나… 하는 생각도 든답니다.

우리 모두 두터운 '인류애'로 대동단결! 파이팅!

백 번을 속더라도
끝끝내 사람을 믿어야 해요.
왜냐하면, 사람이 없는 세상에선
우리가 살수 없으니까요,

제 룸메이트 때문에 못 살겠습니다.

기숙사에서 같은 방을 쓰는 저의 룸메이트는
왜 혼자 보는 TV 프로그램을 큰 소리로 틀어놓는 걸까요. 옆에 이어폰도 있는데.

그건 아마도 다음의 세 가지 경우에 해당되기 때문이라고
보이는군요.

첫째, 질문한 분이 '투명인간'이라서…
룸메이트의 눈에 그 형체가 보이지 않기 때문.
둘째, 이어폰을 꽂으면 귓속에 습진이 생기는 체질이라서.
(단, 이 경우라면 같은 방을 쓰는 룸메이트에게 먼저 그 사실을
알리고 양해를 구하는 것이 원칙.)
셋째, 룸메이트가 생각하기에, 자신이 보고 있는 프로그램에
당신도 깊은 관심이 있을 거라는 생각 때문에 저지르는
지나친 배려.

만일 위의 세 가지 경우 중 어디에도 속하지 않는다면…
그건 분명히 룸메이트님의 머릿속에 개념이 장착되어 있지 않기
때문이라고 봅니다.
그런 경우라면, 밥은 먹고 다니는지 물어보세요.

사실… 이런 문제는 룸메이트와 솔직하게 마음을 터놓고

이야기를 나누는 게 가장 좋은 해결책이라고 봐요.
말하지 않은 채 혼자 속만 앓다 보면, 괜히 그 문제 하나 때문에
친구를 미워하게 되는 안타까운 일이 생기거든요.

아무쪼록, 그런 문제를 말할 때는…
상대방의 기분이 상하지 않도록 깊이 배려하는 게 중요하리라고
봐요. (나 자신은 모르지만, 룸메이트가 싫어하는 어떤 이상한
버릇이 내게도 있는지 모르는 일이거든요.)

그러니까, 같이 시원한 맥주를 한 잔씩 하면서 이야기하는 것도
좋을 거라는 생각이 드는군요.

모든 것에 너무 쉽게 타오르고,
쉽게 식어버려서 고민이에요.

조금 심각한데요, 저는 스스로 질릴 만큼 쉽게 타오르고 또 쉽게 식어버려요.
일이든 사랑이든 다 그래요. 어떻게 해야 하죠?

쉽게 뜨거워지고, 또 쉽게 식는다는 얘기는
굳이 과학적으로 얘기하자면 '열전도율'이 좋다는 의미겠네요.

쇠붙이 중에서는 금, 은, 동과 같이 상대적으로 비싼 가격에
거래되는 쇠붙이가 열전도율이 높은 금속들입니다.
얼마나 훌륭한 금속이면 올림픽 메달리스트들에게 이 쇠붙이들로
만든 메달을 수여하는 걸까요? 그것만으로도 금, 은, 동의 중요성은
이미 강조가 되고도 남았다고 생각합니다.

자, 그럼… 사람들 중에는
'열전도율'이 높은 사람이 멋질까요,
'열전도율'이 낮은 사람이 멋질까요?
아무리 큰일이 생겨도 눈썹 하나 까딱하지 않는 사람과
어떤 일에도 뜨겁게 즉각즉각 반응하는 사람,
둘 중에서 어느 쪽이 더 매력적이고 인간적인 타입일까요?

글쎄요…. 그건 사람마다 취향에 따라 답이 다르겠지요.
저는 열전도율이 높은 사람들을 좋아합니다.
좋으면 좋다고 길길이 날뛰는 사람들, 저는 그런 사람들이 좋습니다.
로또 일등에 당첨됐는데 "으음, 결국엔 일등에 당첨되기도 하는군"
이라고 말하며 무덤덤한 표정을 짓는 사람과
천지사방으로 날뛰며 기뻐서 어쩔 줄 몰라 하는 사람 중에서
어떤 타입의 사람이 더 마음에 드는지요?

후자의 타입에 더 호감을 느낀다면
그냥 지금 스타일 그대로 사는 것이 좋다고 봅니다.
그러나 무덤덤한 표정의 사람들이 더 마음에 든다면,
오늘부터 매일 365일 동안 하루에 한 시간씩,
욕심을 버리고 마음을 비우는 수련을 쌓기 바랍니다.

그렇게 수련을 쌓으면
아주아주 천천히 달아오르고(아니면, 아예 달아오르지도 않거나)
달아올랐다가 식을 때에도 아주 천천히 식는답니다.

그런 타입의 사람이 되고 싶다면
모든 것에 대한 자신의 욕심들을 하나둘씩 내려놓기 바랍니다.
그렇게 하면 그때부터 금, 은, 동의 세상에서 벗어나
돌덩어리의 세상에서 무덤덤하게 살아갈 수 있게 된답니다.
뜨거우면 그저, 뜨거운가 보다.
차가우면 그저, 차가운가 보다. 허허허.
뜨거움은 뜨거움이요, 차가움은 차가움이로다. 하하하.

아무튼, 젊은 날에는 금, 은, 동의 인생을 살아가는 것이
바람직하다고 봐요.
너무 고민하지 말고, 지금의 모습 그대로 사세요.

세월이 흐르다 보면 '금덩어리'가
저절로 '돌덩어리'로 변하는 날이 온답니다.

사랑을 하고 있는데도 왜 외로울까요?

사랑을 하고 있는데도 외로움을 느끼게 되는 건,
크게 두 가지 때문이라고 봐요.

그 첫번째 경우는
〈자기애自己愛〉. 그러니까, 자신을 사랑하는 마음이
상대방을 사랑하는 마음보다 훨씬 더 깊고 넓어서
누군가와의 사랑을 통해 충족감을 느끼지 못하기 때문일 것 같다고
짐작하게 되네요.
두번째 경우는, 사랑을 하든 미워하든 그저 심드렁한 상태든
그런 것과 상관없이, 인간은 누구나 근본적으로 외로운 존재이기
때문에 그런 거라는 생각이 들어요.

아, 그런데… 이런 점도 있는 것 같아요.
사랑에 빠지지 않은 채 살아갈 때는
그냥 좀 '심심하다' 정도의 느낌이었는데…
누군가와 사랑에 빠지면,
형체를 알 수 없었던 그 '외로움'이 오히려 또렷하게
가슴팍으로 파고들게 되는 경우가 있는 것 같아요.

누군가를 너무나 사랑하기 때문에
그 사랑으로 인해 뼛속까지 외로움이 밀려오게 되는…
이 세상에 나보다 더 소중하게 느껴지는 그런 존재가 있다는 걸
알게 되면서 비로소 느끼는 그 통렬한 외로움!

그러니 참으로 '사랑'만큼
복잡하고 불가사의한 감정도 없는 것 같아요.
사랑, 빠지지 않아도 외롭고
빠지면 빠지는 대로 더더욱 외로움이 깊어지는…
그 정체불명의 감정.

우리에게 사랑이라는 감정이 없다면,
외로움이라는 감정도 없을 텐데… 하고 생각해봅니다.
그러니까 결국,
인간은 사랑에 빠지기 때문에 외로워지는 것 같아요.
그렇다고 외로움이 두렵다 해서
사랑을 거부하고 뿌리쳐버릴 수는 없는,
우리의 가혹한 운명….

그런데···

그러니까 당신은
받은만큼
주고들 있나요?

7

언제나-바보같이, 늘 부족하게

머리를 너무 많이 쓰지 말고

그냥 의연하고 우직하게,

바보같이 착하고 진실되게

늘 조금은 밑지면서, 늘 손해 보면서…

그렇게 살아가는 것이

더 훌륭한 삶이라 믿습니다.

세상을 약게, 똑똑하게 사는 법 좀 알려주세요.

어떻게 하면… 그렇게 살아갈 수 있을까요?

'약다'라는 말은 '어수룩하다'의 반대말일 터이고
'똑똑하게'는 '멍청하게'의 반대말일 터이니,
'약게 그리고 똑똑하게' 살아간다는 건
〈어수룩하지 않고, 멍청하지 않게 살아가는 것〉을
뜻하는 말이 될 텐데….

혹시 '제 꾀에 제가 넘어간다'는 말을 들어본 적이 있나요?
머리를 너무 많이 쓰면, 머리를 쓰지 않은 게 차라리 더 나았겠다
싶은 경우가 있곤 하지요.

제 생각엔, 머리를 너무 많이 쓰지 말고
그냥 의연하고 우직하게, 바보같이 착하고 진실되게
살아가는 것이 '약게 그리고 똑똑하게' 살아가는 것보다
더 좋다고 생각해요.
매사에 '약게 그리고 똑똑하게' 살려면
인생이 진짜 피곤해진다고 생각하거든요.

늘 조금은 밑지면서, 늘 손해 보면서
살아가는 게 더 훌륭하고 바람직한 삶이라고 봐요.

솔직히 말하자면,
어떻게 사는 게 '약게 그리고 똑똑하게' 살아가는
것인지도 잘 모르겠네요. 저는 상당히 어리바리하게 인생을
살아가는 타입이거든요. 하하.

그래서 그런지,
'약게 그리고 똑똑하게' 인생을 사는 것보다
어수룩하게 살아가는 것이 더 자연스럽고, 인간적이라고
믿는답니다, 저는. 히히히.

간절히 바라면 정말 무엇이든 이뤄질까요?

보름달이나 첫눈을 보며, 혹은 동전을 던지며 빌었던 소원이 이뤄진 적 있나요?
꼭 바라는 게 있는데 제 뜻대로 되지 않아서 어디든 매달리고 싶어요.

저는 진정으로 바라는 무언가가 있을 때
보름달이나 별똥별 같은 것들을 바라보며 비는 것이 아니라,
내 가슴속을 향해 기원하며 불타는 결의를 다진답니다.

저는 〈간절히 원하는 일들은 반드시 이루어진다〉는 사실을
믿는답니다. 왜냐하면, 이제껏 살아오면서 제가 간절히 바라는
일들은 모두 이뤄졌거든요. (단, 로또 일등 당첨만 빼고요.
하지만, 그것도 언젠가는 이뤄지리라고 봐요. 하하.)

간절히 원하며, 열심히 노력했는데도 안 되는 일들…
그런 일은 후다닥 포기할 것이 아니라,
더욱더 열심히 노력하고, 더욱더 간절히 원해야 한다고 봐요.
나의 모든 것을 걸고 간절히 원해야 그 일이 이뤄지기 때문이지요.
대충 틈날 때마다 건성으로 원하는 일은 절대 이뤄지지 않거든요.

그런데, 한 가지 전제조건이 있기는 해요. 무언가를 원할 때 자신의
능력과 분수에 맞는 일을 원해야 한다는 거예요.
예를 들어, 제가 격투기 챔피언이 되기를 원한다든가,

또는 노벨 평화상을 받게 되기를 원한다든가,
또는 전국 비보이 경연대회에 나가 일등 먹기를 원한다든가…
그런 허황된 바람이 이루어지기를 간절히 원하는 것은
그 자체가 빗나간 간절함이잖아요.
그런 경우 꿈이 아무리 간절해도 이루어지지 않게 마련이죠.

그 소망이 자신의 능력으로는 도저히 이룰 수 없는,
능력 밖의 일이라면 '소망' 자체를 빨리 포기하고 접어버리는 게
훌륭한 선택이라고 봐요.

허황된 꿈에 시간과 정열을 쏟느니
차라리 노력해서 이룰 수 있는 꿈에 시간과 정열을 쏟는 것이
훨씬 더 현명한 일이라는 얘기죠.

아무튼, 당신이 '원하는 곳'에 이르기 위한 그 길을
꼭 찾게 되시길 빌며… 파이팅!

나이 먹었다고 배우에게 설레면
안 되는 건가요?

삼십 대 싱글녀인데요. 뮤지컬을 보고 나서 좋아하는 배우가 나올 때까지 한 시간이고
두 시간이고 기다리는 게 이상한 건가요? 다들 남자친구가 없어서 그런 거라고들 하는데,
아니겠지요? 아직도 그 배우를 보면 소녀처럼 가슴이 설레니 어쩌면 좋아요.

절대로 이상한 게 아니랍니다.

오히려 지극히 자연스러운 일이라고 봐야겠죠.

주변의 친구들은 '남자친구가 없기 때문'이라고 폄하한다지만

그 말은 틀렸다고 생각해요. 남자친구가 생겼다고 해서

잘생기고 노래 잘하는 청년들이 갑자기 눈 밖으로 밀려난답니까?

그렇다면 남자들은 여자친구가 생기면, 소녀시대나 걸스데이를

까맣게 잊어버리겠네요? 픕.

어떻게 그런 일이 일어날 수 있다는 거죠? 어이가 없군요.

당신의 현재 성향과 모습은 지극히 자연스럽고

게다가 사랑스럽기까지 하므로,

주변의 압박에 절대 굴하지 말고 굳건하게 지켜나가길 바랍니다.

만약 그 잘생기고 노래도 잘하는 멋진 청년들이

드디어 시시해 보이기 시작한다면

당신의 청춘도 어느덧 서서히 시들어간다는 걸 의미한다고

보면 될 거예요.

밉상에 진상인 직장상사를 어쩌면 좋을까요?

직장상사가 밉상, 진상일 때
그걸 잊어버리고 평온해질 수 있는 주문 하나 알려주세요.
악! 아침부터 징~말 밉상입니다.

이제껏 받았던 질문 중 가장 어렵고 대답하기 난처하군요.
왜냐하면 저 역시 그런 '직장상사'일지도 모르기 때문입니다.

아주 짜릿한 답변을 드리자니, 제 '부하직원'들이 그 방법을
써먹을까 봐 어느 정도 걱정되는 게 사실이고…
적당히 둘러대자니 제 양심이 욱신거려서 도저히 그럴 수가 없네요.
'진퇴양난'이란 바로 이런 경우를 두고 말하는 건가 봅니다.
하하하;;

그리하여, 양심에도 어긋나지 않고
저도 치명적인 공격을 받지 않을 수 있는 방법 중에
한두 가지를 에둘러서 뭉뚱그려 말씀드리도록 하지요.

일단 '맘에 안 드는 직장상사'의 얼굴을 디카 또는 폰카로
몰래 촬영하시기 바랍니다. 눈으로만 보는 것도 지긋지긋한데
웬 사진까지 찍어야 하냐며 투덜거리지 말고,
아무렇게나 그 인간의 얼굴 사진을 한 장 찍기 바랍니다.

얼굴 이미지를 확보했다면 그다음엔, 그 인간의 얼굴을
실물 사이즈로 A4 용지에 프린트하기를 바랍니다. (A4 용지에
얼굴이 다 들어가지 않을 경우, A3 용지에 프린트해도 됩니다.)

아, 프린트하기 전에 그 인간의 얼굴 밑에 〈인.간.성.드.런.새.끼〉라고
또박또박 타이핑하기 바랍니다.
자, 활자가 똑바로 입력됐다면 이제 프린트하세요.

그리고 정말 중요한 점!
이 모든 작업은 전 직원이 퇴근한 후 실행하시기 바랍니다.
(다른 건 몰라도 이 규칙만큼은 꼭 지켜주시기 바랍니다.)

애초에 생각한 형상대로 그 인간의 얼굴과 한 줄 코멘트가
제대로 출력되었다면, 그 프린트와 스카치테이프를 손에 들고
문제의 직장상사가 남자일 때는 남자화장실로, 여자일 때는
여자화장실로 두 팔을 휘저으며 당당하게 걸어가기 바랍니다.
(왜냐하면, 지금 회사에는 아무도 없기 때문이죠.)

직원들이 '큰일'을 치르는 화장실 문 안쪽마다
미리 복사해온 프린트를 테이프로 단단히 붙이세요.
그것만으로 분이 풀리지 않을 때는 얼굴에 압정 몇 개를 박아주는
것도 아주 효과적인 방법임을 더불어 알려드립니다.
(이 방법은 이미 오래전부터 아프리카의 '부두교'에서 그 효능을
입증한 매우 과학적인 방법이므로, 그냥 믿고 따라하면 됩니다.)

그 행위를 한 차례 감행하는 것만으로도
당신의 가슴속에 맺힌 미움이 뻥 뚫리는 기분을 맛볼 수 있으리라
믿지만, 별다른 효과를 못 느꼈다면 두세 차례 더 감행하기를
권합니다.
좀더 강력한 방법을 구사하고 싶다면 각층 화장실에 동일한
프린트를 부착하는 걸 권장합니다(단, 위험 부담도 덩달아
증가하므로 각별한 주의가 요구됩니다).

혹시 당신이 근무하는 회사에 CCTV가 돌아가고 있다면,
위에서 설명한 방법을 실행하는 것 자체가 자신의 무덤을 파는 것과
다름없으므로, 그런 경우엔 저에게 은밀히 이메일로
상담하시기 바랍니다.

이 땅의 모든 '인간성 더러운 직장상사'들이 사라지기를 빌며,
아자아자!

〈추신〉
아아, 주문은 "인.간.성.드.런.놈.은.우.쥬.플.리.즈.꺼.져.줄.래"입니다.
한 음절씩 또박또박 끊어서 발음해야 효력이 강화된다는 점도
기억하시구요.

CAESAR CRYSTAL
Watches
U Klementina
Jewellery
Bohemian
Garnet
LA TRAVIAT

나와 비교할 수 있는 대상은
오직 '어제의 나'일뿐.
절대로 다른 사람과 나를 비교하지 말자.
'나'는 소중하고 특별하니까.

어떻게 하면 남과 비교하지 않고
저를 사랑할 수 있나요?

어떻게 해야 다른 사람과 나 자신을 비교하지 않고, 열등감을 느끼거나
자기비하도 하지 않으며, 올곧게 나 자신을 사랑할 수 있을까요?

다른 사람과 나를 비교하면,
그 뒤에는 반드시 '평가'로 이어지게 마련입니다.

그러니, 가능한 한 다른 사람과 '나'를 비교하지 않는 게 좋습니다.
특히 나보다 잘났거나, 훌륭한 사람과는 비교하지 않는 것이
현명한 방법입니다.
그런 사람들과 비교해봤자, 내게 남는 건 씁쓸한 기분뿐이거든요.

그러니 일단, 다음과 같은 자세를 갖는 것이 중요합니다.

나는 이 세상에 유일무이한 존재다.
나는 그 누구와도 비교될 수 없고, 비교할 수도 없다.
유일하고 독특한 존재를 도대체 무엇과 비교할 수 있다는 말인가?

나는 나다.

나는 결코 누구와 비교해서 평가할 수 있는 그런 존재가 아니다.
왜냐하면 이 세상에 나 말고, 나와 같은 존재는 절대 없으니까.

나를 함부로 여기저기 갖다붙이며 비교하려 들지 마라!
〈나는 누구와도 비교할 수 없는 특별한 존재다.〉

내가 비교할 수 있는 대상은 오로지 〈어제의 나〉일 뿐입니다.
〈오늘의 나〉가 〈어제의 나〉보다 못하다면,
그때는 더 분발해야겠죠.
절대로 다른 사람과 '나'를 비교하지 마시길 바랍니다.
'나'는 소중하고 특별하니까요.

하하하 그냥, 제 멋에 겨워 사는 거지요. 파이팅!

왜 술값은 아깝지 않은 겁니까!

술값이 아깝지 않은 이유는
술은 다른 음식물에 비해, 복용 후 효과가 즉각적이기 때문이랍니다.
한 달 내내 복용해도 살이 빠지지 않는 '허접한'
다이어트 식품들과는 완전히 차원이 다른,
매우 놀라운 '투자 대비 효과'를 체험할 수 있지요.

마시면 마시는 대로, 효과가 팍팍 살아나니까,
술값 내는 것이 아깝게 느껴질 수가 없는 거죠. 하하하.

게다가, 만약 그 술값을 다른 사람이 내준다면
그 효과가 1000퍼센트 정도 상승하는 신비로움마저 지니고
있으니까 말이죠. 크하!

호감 가는 말투로 말하는 게 어떤 거죠?

제가 얘기할 때 딱딱 끊어서 말하는 버릇이 있다는군요. 사람을 기분 나쁘게 하는
말투라는데, 어찌 얘기하는 게 호감 가는 말투일까요?

일단은 단호하게 딱딱 끊어서 말하는 스타일을
좀 다듬어보면 좋을 것 같아요.

• 전 그렇게 생각하지 않아요.
  → 그건 이렇게 생각해볼 수도 있지 않을까요?
  (이어서 내 의견 말하기)
• 전 그런 색깔 싫어해요.
  → 아아, 그런 색깔을 좋아하시는군요? 제 취향은 좀 다른데….
  (전 이런 색이 좋은데요…)
• 아뇨. 됐어요. 제가 할게요.
  → 어이쿠, 괜찮아요. 제가 해볼게요. (플러스 미소)

위와 같은 화법이 그 예가 될 거예요.
결국 같은 말을 하고 있지만 느낌이 상당히 다르지 않나요?

하고 싶은 말이 있을 때 즉각적으로 말하기보다는
약간 여유를 두고 말을 꺼내는 것도 좋은 방법이에요.
'그런데요…' '뭐랄까…' '으음…' '제 생각엔…' 등등 완충작용을

해주는 말들을 꺼낸 후
자기가 하고 싶은 얘기를 시작하는 거지요.

말을 마칠 때에도
'~했어요' '~아니잖아요' '~ 아니라고 봐요'처럼 단정적인
말투보다는, '~인 것 같은데' '~라고 생각했어요'
'그런 면도 있겠네요'와 같이 어느 정도 여지를 두고 말하면
상대를 긴장시키지 않고 배려할 수 있으리라 생각해요.

이쪽에서 나가는 말이 단호하고 직설적이면
상대방도 당연히 긴장하고 방어적인 자세를 취하게 되거든요.
그리고 가능하면 천천히 말하는 것도 좋으리라고 봐요.

아, 이런 방법도 있겠네요. MC나 연예인 중
당신이 호감을 느끼는 말투를 쓰는 사람이 출연한 프로그램을 보며
그 사람의 말투를 그대로 소리 내어 따라 해보는 거예요.

그렇게 열 번쯤 따라 하다 보면,
어느새 그 사람의 말투를 내 것으로 만들 수 있을 거예요.
열심히 노력하면, 안 되는 일이 어디 있겠어요?

화를 잘 내는 방법은 없나요?

화를 잘 내는 방법, 그러니까 감정적으로 짜증 내며 화내는 것 말고
논리적으로 화를 낼 수 있는 방법 좀 알려주세요!

논리적으로 화내는 법? 그렇게 화내는 법이 따로 있나요?
처음 들어보는 이야기인 걸요?
화는 그냥 미친 듯이, 마치 화산이 폭발하듯이, 그렇게 내야
효과도 극대화되고 서로에게도 좋은 거잖아요.
논리적으로 화를 내는 건 어떻게 해야 하는지 모르겠군요.
'논리적으로 설명'하는 거라면 또 모르겠지만….
논리적인 사람들은 언제나 냉철한 이성을 잃지 않기 때문에,
결코 화내는 법이 없는 것 같아요. 다만, 논리적으로 판단하여
법대로 모든 일을 처리하겠죠. 아주 쿨하고 냉정하게….

화는 그냥 미친 듯이 내는 게 최고예요.
그렇게 해야, 상대방도 내가 얼마나 화가 났는지 알게 되거든요.
아무리 논리적으로 '차분하게 화를 내며' 잘 설명해도
소리를 버럭버럭 지르며 붉으락푸르락하지 않으면,
대부분의 사람은 내가 화났다는 사실을 몰라주니까요.

그러니까 화는 뚜껑을 팍 열어젖히고,
미친 듯이 쏟아붓는 게 최고라고 생각해요.
그렇게 한번 화를 내고 나면 속도 후련해지고
다시는 이렇게 화내지 말아야겠다 반성도 하게 되고
그야말로 일거양득이지요.

화가 날 땐,
자제하지 말고 미친 듯이 거품을 물고 화를 내세요. 파이팅!

실패 확률이 99퍼센트일 때, 나머지 1퍼센트를 가능성이라고 할 수 있나요?

1퍼센트의 가능성이라면,
99퍼센트에 비해서는 굉장히 희박한 가능성이라고 봐야겠죠.
하지만 1퍼센트의 가능성과 0.1퍼센트의 가능성을 비교한다면,
어떨까요? 0.01퍼센트의 가능성과 비교하면 또 어떨까요?
그것들에 비해서는 엄청나게 가능성이 높은 일이라고 할 수 있겠죠?

그런데… 그런 말들을 하더군요.
가능성 1퍼센트의 일이든, 가능성 99퍼센트의 일이든,
〈실제로 그 일이 일어날 확률〉은 반 반.
그러니까 그 일이 실제로 일어날 확률이 50퍼센트,
일어나지 않을 확률이 50퍼센트.
다시 말해 99퍼센트 가능성이 있는 일이어도 안 일어날 수 있고,
1퍼센트의 가능성밖에 없어도 그 일이 일어날 수 있다는 얘기죠.
로또에 당첨되는 건 벼락에 맞아 죽을 확률만큼이나 희박한
일이라고들 말하지만… 매주 실제로 당첨되는 사람들이 있잖아요.

제 생각엔, 아무리 가능성이 희박한 일이라도 그 일에 희망을 품고,
꿈을 이루기 위해 노력하는 자세가 살아가는 데에 필요하다고 봐요.
희망이 없는 세상은 너무 어둡고 답답하지 않나요?

단지, 1퍼센트의 가능성이 있을지라도
그 가능성을 믿고 끝없이 도전하는 자세를 보여주세요.
99퍼센트의 가능성을 지닌 친구들이 겁을 먹고 유심히 관찰할
정도로 열심히 노력하는,
'1퍼센트의 가능성을 지닌 인간'의 저력과 끈기를 보여주세요.
7전 8기, 8전 9기… 열 번 찍어서 안 넘어가면 열한 번을 찍고,
다시 열두 번을 찍고.
아흔아홉 번을 찍었는데도 또 안 넘어가면 백 번을 찍고.
아… 백 번째면, 그게 드디어 1퍼센트에 해당하는 횟수니까
그때는 나무가 쓰러지겠군요.

백 번째 찍었는데 그때도 안 넘어가면 어떻게 하느냐고요?
그다음엔 백한 번째가 기다리고 있답니다. 하하.

죽어라고 찍어대는 놈을 이길 사람은 아무도 없답니다.
다만, 우리가 찍기를 포기하고 서둘러 그만두는 게 문제죠.
쓰러질 때까지 찍는다, 파이팅!

그런데...

넌 내가 제일
많이 울 때가
언제니?

8

품에 안을 수 있는 시간

매일 아침 눈뜰 때마다
이렇게 살아 있다는 것이 참 고마운 일이라고
감사하며 일어나 하루하루를 살아갑니다.
우리가 품에 안을 수 있는 시간은
'지금 이 순간'뿐이니까요.

엄마가 큰 수술을 하셔서
제가 24시간 곁에 있어야 해요.

늘 엄마랑 싸우고 서로 힘들게만 해서 걱정입니다. 아예 말을 안 할 수도 없고….
엄마가 화나지 않게 어떤 말들을 해야 할까요?

어머니께서 큰 수술을 받으셨군요.
하루빨리 완쾌하시기를 기원합니다.
지금은 두 분 모두 하늘나라로 가셨지만
저도 아버님과 어머님을 병간호해드렸던 경험이 있답니다.
물론, 24시간 곁을 지켰던 날은 며칠 안 되지만요.

누군가를 병간호할 때에 가장 기본적인 자세는,
상황을 바꿔서 생각해보는 거예요.
'내가 수술을 받고 병상에 누워 있다. 엄마가 나에게 어떻게 해주면
좋을까?'에 대해서 항상 생각하고 또 생각하길 바랍니다.
병상에 누워 있는 내가, 엄마에게 원하게 될 바로 그것을
고스란히 해드리세요.

물론, 쉬운 일이 아니라는 건 잘 알고 있습니다.
가끔씩 짜증을 내고 화를 내게 되더라도
바로 깨우치고, 반성하고, 엄마에게 "미안해~"하며 사과하고
다시 마음을 굳건히 하시기 바랍니다.

부모 자식 간이라도
꼭 붙어서 24시간 함께 지낼 기회는 자주 오지 않습니다.
그런 시간이 주어졌음을 고맙게 여겨보세요.

그 시간을 어떻게 보내느냐에 따라 엄마와 딸 모두에게
〈정말 소중한 시간〉이 될 수 있다고 저는 생각합니다.
믿음과 이해가 더욱더 깊어질 수 있는 시간이니까요.

엄마가 나에게 무엇을 원할지 늘 생각하세요.
엄마가 평생토록 우리에게 마음을 쏟으며 살아가는 것처럼,
병상에 누워 계시는 며칠 동안만이라도
이번에는 당신이 엄마의 '엄마'가 되어주세요.

다시 한번 어머님의 빠른 쾌유를 빕니다.

현재에 만족하면 발전이 없는 것 아닐까요?

'현재를 즐겨라', '현실에 만족하는 삶을 살아라!'
이런 말들을 많이 하는데요, 그러면 발전이 있을까요?

현재에 만족한다면 '보다 나은 내일'을 꿈꿀 수 없어지는 거겠죠.
'더는 바랄 것이 없는 삶'이라니…
더 원하는 게 없는데, 어떻게 더 좋아질 수가 있겠어요?

그런 까닭에
"현실에 만족하라"는 말은 어느 정도 모순이 있다고 봐요.

그러나 "현재를 즐겨라" "오늘에 감사하라" 같은 권유의 말들은
'오늘'에 대해서 불평불만 하지 말고

있는 그대로의 현실을 받아들이며 〈오늘이 가진 고마움〉의
가치를 인정하라는 의미라고 생각해요.
오늘에 대해 불평하고 투덜거린다고 해서,
오늘이 더 나은 오늘이 되거나
내일이 더 나은 내일이 되는 것이 아니기 때문이죠.
〈오늘이 가진 소중함〉의 가치를 충분히 받아들이고,
그것에 감사하고 기뻐하는 것이 오늘을 대하는 좋은 자세이자,
내일을 위해서도 도움이 되는 자세라고 믿어요.

"현재를 즐겨라"라는 말 속에는
미래를 위해 현재를 희생하지 말라는 의미가 담겨 있다고 생각해요.
우리가 품에 안을 수 있는 시간은, 지금 이 순간뿐이니까요.

오늘을 잘 살아야, 좋은 내일도 오게 마련이지요.

재미로 시작한 일이
의무가 되어버려 힘듭니다.

꼭 해야 하는 일들이 있습니다. 작년에는 너무나 재미있어서 했던 일들이
이제는 견뎌내야 하는 일들로 바뀌어서 너무 힘들어요. 포기할 수도 없는 상황입니다.
어떻게 하면 동기부여가 될까요?

가장 중요한 문제는 '재미있었던' 그 일이 '의무와 책임'으로
변해버렸다는 점일 거예요.
일이 재미있을 때는 사흘 밤을 새우며 일해도
힘든 줄 모르죠. 어디서 그런 괴력이 솟는지, 몸은 힘들어
죽겠는데도 막 보람차고 뿌듯하고.
그러나 그 일이 의무와 책임으로 변하면, 그때부터는
어깨가 무거워지고, 같은 일인데도 두 배로 힘들게 느껴지고,
온몸의 진이 빠져나가는 느낌이고,
괜히 사서 고생하고 있는 기분이 들고,
누구랑 편안하게 저녁식사 한번 제대로 할 시간도 없고.
이렇게 된다면 그 일에 능률이 날 턱이 없지요.
그 일은, 억지로 마지못해서 하는 일이 될 테니까요.

농구선수가 뛰기 싫은데 억지로 뛰고 억지로 점프해서
억지로 슛을 쏜다고 생각해보세요. 과연 골이 잘 들어갈까요?
상황이 이 지경에 이르렀다는 건
우리 몸으로 치자면 순환계에 이상이 생긴 거라고 봐야 할 거예요.

휴식이 필요하다는 얘기죠.
또는 열흘 정도 여행이 필요하다는 얘기일 수도 있어요.

만약에 휴식이나 여행이 불가능하다면
조금이라도 의무감을 버리고, 무책임해지기를 권하고 싶어요.
안 되면 어때? 내가 아니면 다른 사람이 하겠지, 내가 알게 뭐야?
이런 자세로 일하라는 거죠.
그게 조직을 위해서도 좋고, 자신을 위해서도 좋은 거예요.
억지로 뛰다 보면, 결국은 저절로 주저앉게 되거든요.

다만, 제 얘기는 인생을 계속해서
'의무감을 버리고 무책임하게' 살라는 얘기가 아니라
휴가나 여행이 필요한데, 지금은 다녀올 수 없는 상황이라면
보름이든 한 달이든 일에서 어느 정도 손을 놓아버리고
건들거리며 힘을 비축하라는 얘기예요.
그렇게 힘을 비축한 후에 다시 달리는 거죠.

억지로 달리는 건, 아무 소용도 없고 의미도 없어요.
억지로 달리는 건, 누구에게도 도움이 되질 않아요.
억지로 달리느니, 차라리 그 일을 포기하는 게 더 낫다고
저는 생각해요.

매사에 긍정적으로 생각하는
비결이 궁금해요.

사람이 항상 긍정적일 수는 없잖아요. 긍정적인 태도를 지속적으로 유지하시는
비결이 뭔가요? 억지로라도 긍정적으로 생각하시는 건가요? '긍정'의 의미는 무엇인지,
어떻게 하면 매사에 긍정적일 수 있는지 알고 싶습니다.

〈긍정적 사고〉라는 건,
어떤 사실에 대해 '있는 그대로' 받아들이는 거라고 생각해요.

남자를 보면 '아! 남자로군!' 하고,
여자를 보면 '아! 여자로군!' 하는 거죠.
남자를 보고도 '어쩐지… 남자가 아닌 것 같은데?'라고
생각하는 건, 긍정적인 사고라고 볼 수 없죠.
밥을 보며 '아! 밥이구나!' 하면 좋을 텐데, '엥? 왜 짜장면이
아니지?' 하고 생각하는 것도 긍정적인 사고라고 볼 수 없겠죠.

'긍정적'이라는 건,
삐딱하게 비틀어서 생각하지 않는다는 거예요.
있는 그대로, 보이는 그대로를 인정하고 받아들이는 것.

따지고 보면 그렇게 어려운 일이 아닐 텐데
어떤 사람들은 그렇게 받아들이는 것 자체를 어려워하는 것
같더라구요.
어쩌면 타고난 기질 같은 것이 작용할 수도 있겠죠.

매사에 긍정적인 자세를 유지하기 위해서는,
열린 시각과 가슴을 늘 가지고 있어야 한다고 생각해요.
편향된 시각과 마음가짐을 버려야 한다는 거지요.

그러려면 세상을 많이 겪어보는 게 좋겠죠.
이런 일도 겪어보고, 저런 일도 겪어보고
그 일로 인한 결과가 어떻게 되었는지도 잘 살펴보고,
또 그 일에 대해서 다시 곰곰이 고민해보고…
그런 과정을 통해 〈긍정적 사고〉의 폭이 점점 넓어지는 거라고
생각해요.

'있는 그대로'를 받아들이는 것.
이것 또한 꾸준한 훈련을 통해 향상되는 '어떤 능력'이라고
볼 수 있을 거예요. 그런데, 원래부터 그런 능력을 가지고 태어난
사람들도 있죠. 축복받은 삶이라고 봐야할 거예요.

매사에 긍정적으로 생각하고 행동하는 사람…
그런 사람의 인생은 '긍정적인 삶'이 될 테니까 말이죠. 하하.

현실과 타협하기 싫어서
해외로 떠나고 싶어요. 이기적인 걸까요?

이제 제 밥벌이를 해야 하는데 아직도 현실과 타협이 안 되네요. 궁리 끝에 부모님께 1년을 해외에서 보내볼까 말씀드렸더니 "어찌 그렇게 네 생각만 하니?"라고 하십니다. 이렇게나 이기적인 제가 하고 싶은 대로 잠시 시간을 보내도 되는 걸까요?

해외에 나가보려는 것이 단순히 '이곳으로부터의 도피'가 아니라
'다른 세상에서의 삶'에 대한 도전이라면, 저는 찬성입니다.

'현실'은, 이곳에만 있는 것이 아니라 그곳에도 있거든요.
그리고 그곳에서의 현실은 이곳의 현실보다
훨씬 더 삭막하고 황량할 수도 있답니다. 이곳을 떠나 해외로
나간다고 해서 모든 일이 순조롭게 풀리는 건 아니라는 얘기지요.

그동안 모아두었던 돈으로 여행을 떠나는 것이 아니라
그곳에서 돈을 벌어 생활해야 하는 거라면,
이곳의 삶이나 그곳의 삶이나
'현실'이 팍팍하기는 마찬가지라는 뜻입니다.

그렇지만, 꼭 이곳을 떠나 그곳에서 생활해보고 싶은 욕구가
강하다면 어떻게 해서든 실천에 옮겨보시기를 권하고 싶네요.
이기적인 선택이든, 이타적인 선택이든
그 선택을 통해 많은 것을 깨닫고 배울 수 있게 될 테니까 말이죠.
파이팅!

축복처럼 저절로 주어진
우리들의 이 시간이
언제 얼큭 얼큭게 될지는
아무도 모르는 일이니까...

이등병인 저에게
전역의 그날이 오긴 올까요?

그날은 반드시 옵니다.

제가 그것을 믿는 이유는, 이 책을 쓰는 시점을 기준으로
작년은 분명히 2013년이었는데, 요즘 문득 고개를 돌려 달력을 보면
2014라는 숫자가 눈에 들어오기 때문입니다.
그리고 조금 더 고개를 돌려보면 〈PAPER〉를 창간했던 해가
1995년이었는데, 그 시절이 그야말로 엊그제처럼 느껴지기
때문입니다. 엊그제가 좀 과장된 표현이라면, 바로 일주일 전의
일처럼 느껴집니다.

지나간 세월은 그렇게 짧게만 느껴지기 마련입니다.
그러나 다가올 시간은 이상하게도 길게만 느껴지지요.
지금의 이 시간도 지나고 나면 분명히 짧게 느껴지리라는 걸
저는 알고 있습니다.

그러나 문제는, '지금 현재의 이 시간'이 길게만 느껴진다는
것이겠지요. 무척 어려운 일이겠으나,
지금 현재의 시간을 소중하게 생각하시길 바랍니다.

지금 원하지 않는 환경에 속해 있다고 할지라도
당신이 영유하고 손에 쥘 수 있는 시간은 '지금 현재'밖에 없습니다.

이 시각 현재 우리나라에서 일어난 교통사고 상황을
파악할 수는 없으나, 오늘 하루만 해도 많은 분이 우리가 사는
세상과는 다른 곳으로 떠나셨으리라고 생각합니다.
우리가 누리고 있는 지금 현재의 이 시간은
우리에게 축복처럼 저절로 주어졌지만,
그 주어진 시간이 언제 끝나게 될는지는 누구도 알 수 없습니다.

그러니 부디,
현재 당신이 보유하고 있는 지금 이 시간을
'빨리 지나가버리면 좋겠다'고만 생각하지 말고,
더없이 소중하고 간절한 시간이라고 생각을 바꿔보시기 바랍니다.

국방부의 시계도 한 시간에 3,600초가 돌아가고,
민간인의 시계도 한 시간에 3,600초가 돌아갑니다.
민간인의 시간이 소중한 것처럼, 군인의 시간 또한 소중합니다.

군대 또한 사람들이 모여 사는 조직사회입니다.
사회의 축소판이라 할 수 있지요.
그 조직사회에서, 어떤 부분에 기여하며 살 것인지 깊이 생각하고
생활하기를 권유합니다. 군대 안에서 '사회생활'과 '인간관계'의
기초를 다져보세요.

그 조직 안에서 충실하게 생활하고 민간인의 사회로 복귀한다면
이 사회는 당신을 뜨거운 가슴으로 환영할 거예요.

군대에서 보내는 시간은, 자신을 썩히는 시간이 아닙니다.
군대에서 보내는 시간은, 자신을 계발할 수 있는 절호의 찬스임을
잊지 마세요.

어떤 사람은 군대에서 무언가를 얻어서 나오고,
어떤 사람은 군대에서 아무것도 얻지 못하거나 많은 것을 잃고
나옵니다.
전자를 택할 것인가, 후자를 택할 것인가는
전적으로 당신의 선택에 달린 문제라고 생각합니다.

최고와 최선 중에
무엇을 목표로 해야 하나요?

최선을 다했는데 최고가 되지 못한다면, 그건 최선을 다하지 않은 걸까요?
최선을 다하지 않았는데도 최고가 되었다면, 그건 의미가 없는 걸까요? 누군가 네 목표가
뭐냐고 묻는다면 최고가 되는 것과 최선을 다하는 것 중 어느 쪽을 택해야 하나요?

둘 중에 하나를 택해야 한다면 저는 〈최선을 다하는 것〉
그러니까, 최선을 다하는 자세를 유지하는 것.
그걸 지키는 쪽을 택하고 싶군요.
왜냐하면 영원한 '최고'란 없기 때문이죠.
챔피언 타이틀은 언젠가 도전자에게 물려줘야 하는 날이 오게
마련이니까요. '최고'가 된 다음에는 내리막길만 남은 거잖아요.
그러니까 저는 늘 '최고점'을 지향하기는 하지만,
너무 일찍 정상에 도달하고 싶지는 않아요.

그럴 수만 있다면 '늘 최선의 노력을 하면서' 살다가
'최고의 지점'에 도달했을 때 행복한 미소를 지으며
세상을 떠날 수 있기를 바라고 있답니다.
하하하. 이건 뭐, 킬리만자로의 표범도 아니고… 하하하.

아무튼, 정상을 차지한 사람도 멋지지만
정상을 향해 꾸준히 올라가는 사람도 멋있는 삶을 살아가는 거라고
생각해요.

여행병에 걸렸어요.
치료법을 알려주세요!

멀리 여행을 다녀와도 2주 정도 지나면 마음이 간질거려요.
한 달에 한두 번은 멀리 다녀오고, 주말에도 잘 돌아다니는 편인데, 또 나가고 싶어요.
꿈도 여행하는 꿈만 꿉니다. 어떻게 해야 할까요?

여행을 다녀온 지 고작 2주 정도 지났을 뿐인데

마음이 간질거린다면 마음에 '마데카솔'이나 '후시딘' 같은 연고를

골고루 잘 펴서 발라주세요.

별일 아니겠거니… 하고 그냥 넘겼다가는,

증세가 걷잡을 수 없이 악화될 수도 있답니다.

증세가 악화되면, 3박 4일 정도의 여행으로는 병을 다스릴 수 없게

될 거예요. 최소한 3개월 이상의 장기여행으로만

그 병을 다스릴 수 있으므로, 각별히 주의하길 바랍니다.

사람마다 차이가 있기는 하지만

여행에의 욕구는, 극히 자연스러운 거라고 봐요.

마치 식욕이나, 수면욕, 성욕 등이 인간의 기본적인 욕구이듯이
여행 욕구 또한 지극히 당연한 거라고 할 수 있지요.

다만, 그 욕구가 지나치면 병으로 발전되기 쉬운데
그것만큼은 피하는 게 좋으므로, 말씀드린 연고들을
애용해보기를 권해드립니다.

그리고 '여행을 좋아한다는 것'은
'자신의 인생을 사랑한다'는 의미이므로,
크게 걱정할 일이 아니라고 생각되는군요.

여행을 갈망하고 꿈꾸는 것 또한,
삶의 활력소가 될 수 있기 때문에 크게 걱정하지 않아도 돼요.
다만, 그 꿈이 지나쳐서 '몽유병'으로 발전되지 않도록 주의하시고,
만약에 '몽유병'으로 발전할 것 같은 조짐이 보이면
매일 저녁 맥주 한 캔을 따서
그중에 절반쯤은 단숨에 들이마시고

남은 맥주를 헝겊 같은 천에 충분히 적셔서, 정수리 부근을 중심으로
가볍게 두드려가며 머리를 촉촉하게 해주세요.
그리고 머리카락에 묻은 맥주가 서서히 말라갈 때쯤 잠을 청하세요.
그렇게 일주일 정도만 치유해주면, '몽유병' 증세가 말끔히
가라앉을 거예요.

만약에 조금 더 빠른 시간 내에 증세를 완화시키고 싶다면
소주나 보드카, 또는 위스키나 코냑 같은 향정신성 음료를 사용하길
권합니다.

여행은 절절하게 살아 있는 모든 사람들의 로망, 파이팅!

생각이 너무 많아서 힘들어요.
생각을 멈출 방법 없나요?

단순하게 살자니 왜 사나 싶고, 복잡하게 살자니 인생이 짧고…
뭐 이런 생각들(일명 잡념)이 끊이지 않아요. 멈출 수 있는 방법 없을까요?

생각이 많다는 건, 그렇게 나쁜 거라고 볼 수는 없어요.
이런저런 복잡한 생각들을 많이 떠올리게 된다는 뜻인 것 같은데…
문제는 복잡한 생각을 많이 떠올린다는 것이 아니라,
그 생각들을 제대로 정리하지 못하는 것이라고 봐요.
아무리 복잡한 문제도 정리를 잘하면 단순하고 간단해지거든요.

그러니까, 생각을 정리하는 훈련을 해보세요.
이 생각 저 생각, 떠오르는 대로 다 떠올린 다음에
그 생각들을 잘 정리하는 거지요.
비슷한 생각끼리는 모으고, 다른 생각끼리 또 따로 모으고
그러다 보면, 결국엔 '이 생각'과 '저 생각'만 남게 되거든요.
그러면 그 둘 중에서 어느 생각을 택할 것인지를 정한 다음
그 생각대로 행동하면 되는 거지요.

생각이 많다는 건 상상력이 풍부하다는 거니까
결코 나쁜 게 아니라고 생각해요.
물론 쓸데없는 생각을 너무 많이 하는 거라면
두뇌의 에너지를 허비하는 셈이니 에너지 과소비라고

할 수 있겠지만, 그럼에도 불구하고 생각이 많다는 건
장점이 될 수 있는 능력이라고 봐요.
혹시 '아무 생각이 없는 사람'에게 매력을 느끼나요?
머릿속이 하얀 백지 같은 사람? 하하.

만약에 극단적으로 생각의 양을 줄이고 싶은 의지가 강하다면
'명상'을 해보기 바랍니다. 물론 '요가' 같은 것을 병행하면 좋겠죠.
단전호흡을 하면서, 정신을 한곳에 모으는 훈련을 하는 거죠.
내 생각들을 정돈하고, 한곳으로 모으는 훈련.
내가 나의 생각들을 따라가는 것이 아니라,
내가 나의 생각을 다스리는 훈련. 그런 훈련들을 꾸준히 하다 보면
생각이 아주 단순해지고 명징해지리라고 봐요.

그런데 젊은 날에 너무 일찍부터 그렇게 사는 거
재미없지 않을까요?
젊은 날엔 그저 좌충우돌, 이리 터지고 저리 깨지면서
그렇게 격정적으로 산만하게 살아가는 것이 더 좋지 않을까요?

'전생'이란 게 정말 있을까요?
전생의 인연 같은 거요.

이 세상에는 두 종류의 사람이 존재합니다.
하나는 '전생'을 믿는 사람, 또 하나는 믿지 않는 사람들이지요.
믿느냐, 믿지 않느냐는 선택의 문제라고 생각합니다.
그것은 '운명'을 믿느냐, 믿지 않느냐 하는 문제와도 깊은 관련이
있는 것으로 보입니다. 그것은 또, 어떤 종교를 믿느냐 하는
문제와도 깊은 연관이 있다고 봅니다.

그러니까 전생이 존재하느냐, 존재하지 않느냐 하는 문제는
전적으로 각 개인의 인생관과 종교관과 철학을 바탕으로 결정되는
것이기 때문에, 누군가가 '전생이 있다', '전생이란 없다'라고
단정 지어 말할 문제가 아니라고 생각합니다.
(아, 물론 어느 쪽이든 그것을 철석같이 믿는 사람들에겐
'그 신념을 말할 수 있는' 자유가 있겠죠.)

"전생이 있다고 생각하느냐?"고 묻는다면,
저로서는 "모르겠다"는 답밖에 드릴 수 없어 매우 안타깝습니다.
그럴 수밖에 없는 이유는,
이제껏 살면서 '전생'에 그가 어떤 존재였는지를
'확인할 수 있는' 사람이나 동물 또는 식물이나 돌멩이 등을

만나본 적이 없기 때문입니다.
그리고 가장 심각한 문제는, 저 자신이 전생에 무엇이었는지
모르고 있기 때문이기도 합니다.

다만, 어느 날 술에 잔뜩 취해 깊은 생각에 잠기는 날에는
제 눈앞에 안드로메다 성운이 펼쳐지곤 하는 것으로 보아
아마도 제가 전생에 안드로메다 성운 사이로 비틀거리며
떠돌아다니던, 유성에 달라붙은 먼지가 아니었을까 하는 생각을
해보곤 합니다.
그리고 아주 가끔은 제가 안드로메다 성운에서 머무르던 시절에
잠깐 만난 적이 있었던 것으로 '짐작되는' 존재를 만나는 경우가
있는데, 그것을 그저 허황된 망상이라고 규정해야 할지
아니면 우주를 관통하는 통찰력이라고 해야 할지 판단하기가
매우 어렵더군요.

당신은 그런 강력한 느낌을 받아본 적이 있는지 모르겠습니다만,
저는 아주 가끔, 그런 강렬한 느낌을 받을 때가 있습니다.
처음 만난 사람인데도 어떤 강렬한 '끌림'을 느끼는 경우,
어째서 그 사람에게만 그렇게 특별히 강렬한 끌림을 느끼는 건지
논리적으로 설명할 수가 없어서 매우 답답합니다.

아무튼 믿는 쪽을 선택하면, '전생'은 어떤 형태로든 존재합니다.
전생을 믿는다면 '전생의 인연' 또한 존재하겠죠.
그러나 믿지 않는다면 '전생'은 존재하지 않게 됩니다.

그렇다면 그는 '전생을 믿지 않는 존재'로 '이생'을 살다 가는 것일 수도 있습니다. 그럴 경우 〈전생에서, '전생'을 믿지 않은 존재〉라는 이력을 갖게 될지도 모르지요.

그러니 그냥 쿨~하게 선택하기 바랍니다.
〈전생이 있다〉고 믿으면, 전생은 반드시 존재하고
〈전생이 없다〉고 믿으면, 전생 따위는 존재하지 않습니다.

그런데 만약에 전생이 존재하지 않는다면,
'이생'이라는 개념 또한 존재하지 않으리라고 보입니다.
마치 '어제'가 없이는 '오늘'이 없고,
'오늘' 없이는 '내일'이 있을 수 없는 것과 같은 개념으로
생각할 수 있겠지요.

전생이 없다면, 나의 '이생'은 어떻게 시작되었을까요?
그냥, 하늘에서 뚝 떨어진 걸까요?
아… 어머니와 아버지가 협력하여 낳아주신 걸까요?
그렇다면, 어머니는? 어머니의 어머니는?
어머니의, 어머니의, 어머니의, 어머니가 세상에 태어나지 않았다면
지금의 '나'는 없었을까요?

하지만 현재 '나'의 모습이 아닌
'또 다른 모습의 나'로 태어나지 않았을까요?

저는 진심으로 이 문제에 대해서
개미, 돌고래, 또는 풀밭의 풀잎과 돌멩이들에게 물어보고
싶어집니다.
아무튼 제가 답변할 수 있는 영역 밖의 문제라서
딱 부러지는 답변을 드리지 못해 대단히 죄송한 마음입니다.

이렇게 어려운 문제는
하늘이 맑게 갠 날, 깊은 산속에서 밤하늘을 들여다보면
마치 섬광과도 같이 명료한 대답을 얻게 되는 경우가 있으므로
좋은 날을 택하여 소백산의 어느 조용한 산자락에서 야영을 하며
하룻밤을 보내보시기를 권유합니다.

선생님은 매일매일 행복한가요?

네! 저는 매일매일 행복한 편입니다.
물론 3년에 하루 정도는 약간 '불행한가?' 하는 생각이 들기도
하지만요. 아무튼 '불행하다'는 생각이 들 때가
거의 없다는 말이지요.

저는 매일의 '행복'을 인생의 목표로 삼고 살아가는
사람이기 때문에 '행복' 없이는 도저히 살아갈 수가 없답니다.
그러니까 행복은 저에게 마치 공기와도 같은 거라고
말씀드릴 수 있겠네요. 하하.

매일 아침 눈뜰 때마다,
'아… 또 하루가 주어졌구나!' 하고 감사하며 일어난답니다.
이렇게 살아 있다는 것이, 참 고마운 일이라는 걸 느끼며
하루하루 살아가는 것이지요.

저는 아무래도, 행복에 중독된 사람인 것 같아요. 히히.

그런데...

이만하면 우리
잘살고있드려줌?
아닌가요?

당신과 함께라서
내게 늘 행복했던
그마운 시간이었어요.

♡ KIMON